国家社会科学基金青年项目（19CTY002）资助

新时代中国职业体育俱乐部社会责任研究

杨献南 著

人民体育出版社

图书在版编目（CIP）数据

新时代中国职业体育俱乐部社会责任研究 / 杨献南著. -- 北京：人民体育出版社，2025. -- ISBN 978-7-5009-6599-2

Ⅰ．G812.17

中国国家版本馆CIP数据核字第2025WF7027号

新时代中国职业体育俱乐部社会责任研究

杨献南　著
出版发行：人民体育出版社
印　　装：北京中献拓方科技发展有限公司

开　本：710×1000　16开本　　印　张：12　　字　数：221千字
版　次：2025年6月第1版　　印　次：2025年6月第1次印刷
书　号：ISBN 978-7-5009-6599-2
定　价：60.00元

版权所有·侵权必究
购买本社图书，如遇有缺损页可与发行与市场营销部联系
联系电话：（010）67151482
社　　址：北京市东城区体育馆路8号（100061）
网　　址：https://books.sports.cn/

前 言

30年来，中国体育职业化改革取得了令人瞩目的发展成就。伴随体育职业化改革诞生的职业体育俱乐部，也在我国由计划经济体制向市场经济体制的不断转型过程中逐步成长起来。中国特色社会主义进入了新时代，积极履行社会责任成为职业体育俱乐部适应新时代发展要求的必然选择，而如何科学构建适应我国国情的新时代中国职业体育俱乐部的社会责任体系，实现我国职业体育俱乐部社会责任健康发展是一个亟须突破的现实问题。

本文采用文献资料法、专家访谈法、问卷调查法、德尔菲法、逻辑分析法及比较法等，首先，以概念界定为切入点，分析了关系契约理论与职业俱乐部社会责任的契合性；其次，在剖析已有职业俱乐部社会责任体系的基础上，构建国家现代化建设"五位一体"总体布局下新时代中国职业体育俱乐部社会责任体系，同时以关系契约理论为支撑，确立了新时代中国职业体育俱乐部社会责任的三维应用模型，清晰地呈现出履责内容、履责主体与履责对象三者之间的逻辑关系；最后，梳理并归纳了美国职业篮球联赛（National Basketball Association，NBA）俱乐部、日本职业足球联赛（Japan Professional Football League，J联赛）俱乐部社会责任治理经验，结合我国职业俱乐部履责现状，提出了新时代中国职业体育俱乐部社会责任发展思路与推进路径，这对于丰富充实我国职业体育俱乐部社会责任理论研究，提升俱乐部履责水平，实现俱乐部与社会互促共赢、和谐发展都具有理论和实践意义。研究结论如下：

①俱乐部社会责任是指俱乐部为实现自身与社会的健康、和谐发展，在依法经营、创造利润及有效管理其对利益相关者的影响过程中，所应承担的与特定时代环境相适应的寻求经济和社会综合价值最大化的责任，具有承担对象的多元性、涵盖内容的开放性、履行主体的层次性、发展鲜明的时代性等特征。

②俱乐部社会责任满足关系契约的预设条件，且具有关系契约的属性。从关系契约的视角，探讨新时代中国职业体育俱乐部社会责任体系构建与实现等问题是适合的，对我国职业体育俱乐部社会责任体系构建具有重要的指导价值。

③在国家建设"五位一体"总体布局指导下，构建了新时代中国职业体育俱乐部社会责任体系，其中包括社会经济责任、社会政治责任、社会文化责任、社会建设责任及社会生态责任五大领域。寻求盈利保障经济效益、遵守法规维护多方主体利益是社会经济责任；服务国家队建设和对外人文交流、维护社会安全稳定是社会政治责任；培育诚信经营文化、践行社会和谐文化、传播先进体育文化是社会文化责任；投身公益慈善事业和城市社区建设是社会建设责任；倡导生态体育、落实节能减排是社会生态责任。

④以关系契约为理论支撑，将新时代中国职业体育俱乐部社会责任体系立体化和模型化，清晰地呈现出履责内容、履责主体与履责对象三者之间的逻辑关系。具体来看，俱乐部社会责任的履责强度与履责对象的扩充、履责范围的扩展之间存在正比例关系，即随着俱乐部规模的扩大，其履责范围将扩展、履责对象将扩充，相应地履责强度也随之升高。

⑤无论是NBA俱乐部还是J联赛俱乐部，其社会责任履行内容丰富多样，治理成效较为显著。立足国内实际，提出其对我国的启示：提升体育行业履责氛围，深化俱乐部履责认知；明确参与主体的职能权责，推动多元主体协同共治；健全完善法律制度体系，保证俱乐部履责有法可依；立足地方发展

前　言

水平与俱乐部实际，开展特色化履责实践；提升俱乐部社会责任治理信息披露水平；完善俱乐部社会责任治理监督机制。

⑥在我国职业体育俱乐部社会责任发展取得一定成效的同时，仍存在以下问题：过度依赖股东与赞助商投资，自身盈利能力较弱；对赞助商和球迷履责的科学性不足；影响社会公共安全的事件频发；球员调用的支持度不高，服务国家队的意识不强；违反诚信经营与公平竞争的行为频现；体育文化建设水平有待提高；俱乐部在城市和社区的嵌入度不高；俱乐部管理者对社会生态责任认识不到位；社会生态责任管理制度化程度较低。

⑦新时代中国职业体育俱乐部社会责任的发展，应以实现俱乐部社会责任的普及化、时代化、中国化，形成俱乐部"五位一体"社会责任发展的新局面为总体目标，且在实践中须遵循协同治理、系统推进、区别对待及全面评价等原则。具体推进路径：政府层面，完善相关法律规章制度，营造社会责任参与氛围，建立俱乐部履责奖惩机制，加强与俱乐部的互动合作；协会与联盟层面，健全社会责任管理机构，完善社会责任管理制度，推动俱乐部履责科学化与规范化；俱乐部层面，转变社会责任观念，处理好公益性与功利性的关系，优化自身内控建设，结合实际科学开展履责实践；社会层面，加强媒体宣传与督促力度，促进公众维权意识和行动，强化俱乐部履责的社会监督。

目 录

导 论 ··· 001
 第一节 选题依据 ·· 001
  一、选题背景 ··· 001
  二、选题意义 ··· 003
 第二节 文献综述 ·· 004
  一、国内外相关研究的梳理及研究动态 ················ 005
  二、已有研究的不足及可拓展之处 ······················ 012
 第三节 研究思路、方法与技术路线 ······················ 013
  一、研究思路 ··· 013
  二、研究方法 ··· 014
  三、技术路线 ··· 019
 第四节 研究内容与创新之处 ································ 020
  一、研究内容 ··· 020
  二、创新之处 ··· 021

第一章 职业体育俱乐部社会责任的概念及特征分析 ······ 023
 第一节 职业体育俱乐部社会责任的概念重塑 ·········· 023

一、企业社会责任概念的发展回顾——俱乐部社会责任概念的来源 ································· 023

二、职业体育俱乐部社会责任概念的梳理与分析 ················ 027

三、职业体育俱乐部社会责任概念的重新界定与阐释 ············· 036

第二节 职业体育俱乐部社会责任的认识误区与澄清 ················ 038

一、俱乐部社会责任等同于俱乐部公益慈善捐赠 ··············· 039

二、俱乐部社会责任与俱乐部自身发展阶段无关 ··············· 040

三、俱乐部社会责任是一种静态不变的责任 ················· 041

第三节 职业体育俱乐部社会责任的特征分析 ···················· 042

一、俱乐部社会责任承担对象的多元性 ··················· 042

二、俱乐部社会责任涵盖内容的开放性 ··················· 044

三、俱乐部社会责任履行主体的层次性 ··················· 045

四、俱乐部社会责任发展的鲜明时代性 ··················· 046

本章小结 ································· 047

第二章 新时代中国职业体育俱乐部社会责任的正当性基础 ········ 049

第一节 职业俱乐部社会责任正当性的理论探讨与审视 ············· 050

一、职业俱乐部社会责任正当性的理论探讨 ················· 050

二、职业俱乐部社会责任正当性的理论审视 ················· 056

第二节 关系契约理论及其与职业俱乐部社会责任的契合性分析 ········ 059

一、关系契约理论概述 ··························· 059

二、关系契约理论解释职业俱乐部社会责任的可行性 ············ 061

第三节 关系契约理论指导职业俱乐部社会责任建设的重要价值 ········ 066

一、利于实现俱乐部自身经济价值与社会价值的内在统一 ·········· 066

二、利于实现内外规范对俱乐部社会责任行为的共同调整 ·········· 067

三、利于促使俱乐部与经济社会建设和谐一体、融合发展 …………… 068

本章小结 …………………………………………………………………… 069

第三章　新时代中国职业体育俱乐部社会责任体系构建 …………… 072

第一节　已有职业体育俱乐部社会责任体系及解析 ………………… 073

一、已有主要俱乐部社会责任体系概述 ………………………………… 073

二、已有职业俱乐部社会责任体系的评价与分析 ……………………… 077

第二节　新时代中国职业体育俱乐部社会责任体系的确立 ………… 078

一、新时代中国职业体育俱乐部社会责任体系总体框架的确立 ……… 078

二、新时代中国职业体育俱乐部社会责任体系具体要素的确立 ……… 079

第三节　新时代中国职业体育俱乐部社会责任体系的构成要素分析 …… 082

一、社会经济责任 ………………………………………………………… 082

二、社会政治责任 ………………………………………………………… 085

三、社会文化责任 ………………………………………………………… 088

四、社会建设责任 ………………………………………………………… 091

五、社会生态责任 ………………………………………………………… 093

第四节　新时代中国职业体育俱乐部社会责任体系的三维模型透视 … 095

一、新时代中国职业体育俱乐部社会责任体系的理论内核 …………… 096

二、新时代中国职业体育俱乐部社会责任体系的三维应用模型 ……… 098

本章小结 …………………………………………………………………… 101

第四章　国外职业体育俱乐部社会责任主要内容、治理经验及启示 …………………………………………………………………………… 103

第一节　NBA俱乐部社会责任的主要内容及治理经验 ……………… 104

一、NBA俱乐部社会责任发展的现实背景 ……………………………… 104

二、NBA 俱乐部社会责任的主要内容 …………………………… 106

　　三、NBA 俱乐部社会责任的治理经验 …………………………… 111

第二节　J 联赛俱乐部社会责任的主要内容及治理经验 …………… 115

　　一、J 联赛俱乐部社会责任治理的现实背景 …………………… 115

　　二、J 联赛俱乐部社会责任的主要内容 ………………………… 117

　　三、J 联赛俱乐部社会责任的治理经验 ………………………… 122

第三节　对我国职业体育俱乐部社会责任发展的启示 ……………… 126

　　一、提升体育行业履责氛围，深化俱乐部履责认知 …………… 126

　　二、明确参与主体的职能权责，推动多元主体协同共治 ……… 127

　　三、健全完善法律制度体系，保证俱乐部履责有法可依 ……… 129

　　四、立足地方发展水平与俱乐部实际，开展特色化履责实践 … 131

　　五、提升俱乐部社会责任治理信息披露水平 …………………… 132

　　六、完善俱乐部社会责任治理监督机制 ………………………… 133

本章小结 ……………………………………………………………………… 134

第五章　新时代中国职业体育俱乐部社会责任发展思路与推进路径 ……………………………………………………………………… 136

第一节　我国职业体育俱乐部社会责任履行现状分析 ……………… 137

　　一、社会经济责任履行现状与问题 ……………………………… 137

　　二、社会政治责任履行现状与问题 ……………………………… 140

　　三、社会文化责任履行现状与问题 ……………………………… 143

　　四、社会建设责任履行现状与问题 ……………………………… 146

　　五、社会生态责任履行现状与问题 ……………………………… 148

第二节　我国职业体育俱乐部社会责任发展的基本思路 …………… 150

一、我国职业体育俱乐部社会责任发展的总体目标 …………… 150
　二、我国职业体育俱乐部社会责任发展的基本原则 …………… 155
第三节　我国职业体育俱乐部社会责任的推进路径 ………………… 160
　一、我国职业体育俱乐部社会责任协同治理主体及关系 ……… 160
　二、我国职业体育俱乐部社会责任发展的具体推进路径 ……… 162
本章小结 ……………………………………………………………… 174

第六章　研究结论与展望 …………………………………………… 176
　一、研究结论 ……………………………………………………… 176
　二、研究不足与展望 ……………………………………………… 177

导 论

第一节　选题依据

一、选题背景

社会责任既是一个历史性和具体性的范畴，又是一个理论界和实践界共同关注的现代性热点话题。自20世纪20年代企业社会责任概念提出以来，股东利益至上的观念不断遭受冲击，理论界和实践界对这个问题争论不休。随着经济全球化的持续深入，企业社会责任成为各国共同关注的时代命题。20世纪90年代初，企业社会责任运动引入我国。在党和国家的高度重视下，经过企业界和社会公众的持续努力，我国企业社会责任建设取得了较好的成效。自党的十八大以来，中国特色社会主义进入了新的发展阶段，企业社会责任逐步被纳入国家全面深化改革发展大局。党的十八届四中全会首次提出："加强企业社会责任立法"，使其成为重大领域的立法事项之一。党的十九大报告又进一步提出："强化社会责任意识、规则意识、奉献意识。"2020年7月21日，习近平总书记在企业家座谈会上指出："企业既有经济责任、法律责任，也有社会责任、道德责任。任何企业存在于社会之中，都是社会的企业。"企业作为社会存在的重要组成部分，要积极履行社会责任，不仅要切实遵纪守法，还要践行基本道德规范。换言之，企业社会责任建设是"依法治企"和"以德治企"的有机结合。企业积极履行社会责任，对于推动新时代中国特色社会主义建设具有重要的意义。

近30年来，中国体育职业化改革取得了令人瞩目的发展成就。伴随体育职业化改革而诞生的职业体育俱乐部，也在我国由计划经济体制向市场经济体制转型的过程中成长起来，成为我国体育竞赛表演业乃至体育产业高质量发展的重要市场主体之一。作为一种特殊类型的企业，职业体育俱乐部履行社会责任也是应有之义和时代要求。2015年，《中国足球改革发展总体方案》指出："俱乐部应当注重自身建设，健全规章制度，加强自律管理，遵守行业规则，积极承担社会责任，接受社会监督。[1]"因此，履行社会责任成为职业体育俱乐部适应时代发展的必经之路，这不仅是俱乐部作为一般企业存在的价值体现，更是对俱乐部特殊性质的天然要求。毋庸置疑，无论是理论方面还是实践方面，我国职业体育俱乐部社会责任建设都取得了长足的进步。但是，观察近年来的社会责任实践，俱乐部履行社会责任的情况仍不尽如人意。无论是国有企业、民营企业，还是混合制俱乐部，在促进体育产业发展、拉动经济增长的同时，也引发了系列社会问题。比如，贵州某俱乐部"欠薪"事件、青岛某俱乐部"阴阳合同"事件、广州某俱乐部"广告替换"事件、运动员任某"签字费"事件、江苏某俱乐部"媒体采访"事件等，这些事件的发生充分表明，许多俱乐部仍存在片面追求经济利益而忽视履行社会责任的现象。因此，加快推进对新时代中国职业体育俱乐部社会责任的深入研究，改善俱乐部履责现状，促使俱乐部积极履责，成为亟待解决的重要问题。

虽然多数俱乐部迫于外界压力和职业体育市场发展的总体趋势，表示愿意履行社会责任，但大多认为迎合社会现实发展需要就是履行社会责任，并不理解新时代中国职业体育俱乐部社会责任的实质内涵，进而导致履责缺失现象的产生；还有一些俱乐部对新时代中国职业体育俱乐部社会责任的概念

---

[1]国务院办公厅.中国足球改革发展总体方案[Z].2015-02-27.

存在一定的误解,有些俱乐部仅把慈善捐款视为社会责任,认为只要对外捐了款、做了慈善活动,就是履行了社会责任;还有一些俱乐部认为,履行社会责任是大型职业俱乐部的事情,与中小俱乐部无关;更有甚者把我国计划经济体制下的"俱乐部办社会"与市场经济体制下的俱乐部社会责任混为一谈。这些误解或曲解的存在,对俱乐部履责行为产生了直接影响,亟须从理论上厘清新时代中国职业体育俱乐部社会责任的内涵,科学把握社会责任履行内容。然而,关于职业体育俱乐部社会责任的理论研究略显不足,虽然学界从不同视角对俱乐部社会责任进行了深入研究,但大多数研究是基于描述性和经验性的分析,缺乏对俱乐部社会责任的中国性、现代性问题的系统分析和逻辑阐释,继而限制了俱乐部的实际履责。理论层面上,新时代背景下职业体育俱乐部社会责任的内涵和实体内容究竟有哪些?实践层面上,如何科学构建适应国情的新时代中国职业体育俱乐部的社会责任体系,促使俱乐部和社会产生良性互动与发展,至今仍是理论研究亟须突破的关键问题。

二、选题意义

(一) 理论意义

1. 拓宽了我国职业体育俱乐部社会责任研究的理论视角

当前已有大部分研究从利益相关者理论、企业公民理论的视角,探讨职业体育俱乐部社会责任的特征、内容、评价、路径等,而鲜有立足新时代背景,从"关系契约"这一理论视角切入,探讨新时代中国职业体育俱乐部社会责任的相关研究。本研究进一步拓宽了俱乐部社会责任研究的理论视角。

2. 弥补了已有研究未立足新时代而产生的解释力不足的缺憾

党的十八大以来,党和国家事业发生了全方位的历史性变革,经济社会发展环境发生了深刻的变化。从"关系契约"角度,阐释新时代中国职业体育俱乐部社会责任的内涵与特征、正当性基础以及内容体系,能够弥补既有理论研究模型因未充分考虑新时代中国的社会现实出现解释力不足的情况，进而更好地揭示新时代中国职业体育俱乐部社会责任的本质。

3. 丰富充实了我国职业体育俱乐部社会责任理论研究成果

在任何时候，社会责任的承担都无法超脱其赖以生存和发展的时空背景与社会经济、政治、文化条件。在国家现代化建设"五位一体"总体布局指导下，以关系契约为基础，构建我国职业体育俱乐部社会责任体系，提出符合国情、开放包容的中国方案，对进一步开阔理论研究视野和丰富我国职业体育俱乐部社会责任理论研究成果都具有较高的学术价值。

（二）实践意义

1. 贯彻落实国家现代化建设"五位一体"总体布局的有力践行

国家现代化建设的"五位一体"总体布局是习近平新时代中国特色社会主义思想的重要内容。在这一思想指导下，将新时代中国职业体育俱乐部的社会责任承担与国家建设的总体布局相融合，构建新时代中国职业体育俱乐部社会责任体系，并对其进行深入阐释与实践，有利于国家现代化建设"五位一体"总体布局思想在职业体育领域更好的贯彻和落实。

2. 利于提升职业俱乐部履责水平，实现与社会建设互促双赢

在对我国职业体育俱乐部社会责任承担现状调研的基础上，结合国外先进治理经验，提出新时代我国职业体育俱乐部社会责任的推进路径，这既对我国职业体育俱乐部有效和自觉地履行社会责任，避免盲目的履责实践，实现其自身的健康成长和发展具有重要的指导价值，也对进一步发挥职业体育俱乐部在建设社会主义现代化国家新征程中的作用产生重要的实践意义。

第二节　文献综述

中国近代思想家梁启超先生曾提出："盖吾辈不治一学则已，既治一学，则第一步须先讲此学之真相,了解明确;第二步乃批评其是非得失"[1]。做好学问、做好研究的前提和基础是深入了解前人研究成果,并对其进行客观评价。

一、国内外相关研究的梳理及研究动态

(一) 职业体育俱乐部社会责任特征研究

国内外学者对职业体育俱乐部社会责任特征进行了大量的研究。从因果关系上看,职业体育俱乐部与一般普通企业在性质上的差异,使得职业体育俱乐部社会责任行为表现出一定的独特性。挖掘职业体育俱乐部社会责任的独特特征,不仅有利于职业体育俱乐部在设计与组织社会责任活动时能够发挥自身优势,还可以为其他社会组织与职业体育俱乐部合作开展社会责任活动时提供有益的借鉴。

对于职业体育俱乐部社会责任的特征研究,国外代表性成果有:Smith A 等(2007)认为职业体育俱乐部社会责任承担的特征主要是多元的社会文化交流、广泛的信息传播路径及健康理念的快速传递[2],不仅有利于俱乐部树立良好的外部形象、建立稳固的公共关系,还能促进俱乐部可持续发展。Babiak K 等(2009)提出,职业体育俱乐部承担社会责任呈现四个独特特征,即透明的竞争模式、独特的市场垄断、丰富的情感体验及利益相关者的多元化[3],极大地促进了职业体育俱乐部的健康发展。总体来看,上述特征基本涵盖了国外学者对职业体育俱乐部社会责任特征的认识和理解。国内学者对此问题也做了一些研究,代表性成果有:周爱光等(2012)从法学视角提出,职业体育俱乐部社会责任特征主要表现为规范性、多元性和冲突性,并认为

---

[1] 梁启超. 清代学术概论 [M]. 上海: 上海古籍出版社, 1998: 45.
[2] Smith A, Westerbeek H. Sport as a vehicle for developing corporate social responsibility [J]. Journal of Corporate Citizenship, 2007, 25 (7): 43-54.
[3] Babiak K, Wolfe R. Determinants of corporate social responsibility in professional sport: internal and external factors [J]. Journal of Sport Management, 2009, 23 (6): 717-742.

应根据这些特征推动职业体育俱乐部社会责任的法制化建设进程[1]。梁斌(2013)根据企业社会责任理论，以我国的社会制度为背景，提出社会性是我国职业足球俱乐部的第一属性，职业足球俱乐部独特的社会资源使他们的社会公共服务具有区别于其他商业机构的独特性，为复杂化、多样化的利益相关者负责是职业足球俱乐部履行社会责任的主要特征[2]。此外，韩炜等(2018)从职业体育组织社会责任的概念出发，认为职业体育组织承担社会责任具有营利性与社会性相统一、差异性与发展性相统一、广泛性与有限性相统一的基本特征[3]。

总体来看，虽然国内外学者从不同视角归纳出的职业体育俱乐部社会责任的特征不同，但它区别于一般企业社会责任已是学界达成的共识。随着社会经济不断发展，社会关注的焦点逐渐从俱乐部的盈利性转移到社会性。从已有研究来看，国内外对职业体育俱乐部社会责任的特征认识存在一定差异，但职业体育俱乐部社会责任具有多元性、广泛性、独特性是学界的共性认识。然而，职业体育俱乐部的经济实力和所处发展阶段不同，意味着他们承担社会责任的特征也存在一定差异，但目前学界并未对此展开探究。此外，社会责任作为一个历史性和具体性的范畴，俱乐部履行社会责任无法脱离特定的时代背景，单纯地、孤立地讨论俱乐部社会责任特征，显然存在一定的缺陷。总之，中国特色社会主义进入了新时代，如何切实结合新时代的大背景，归纳职业体育俱乐部社会责任的特征可能存在较大研究空间和探索价值。

(二) 职业体育俱乐部社会责任内容体系研究

从研究现状来看，职业体育俱乐部社会责任内容的研究成果十分丰硕，

---

[1] 周爱光，闫成栋. 职业体育俱乐部社会责任的特征与内容 [J]. 北京体育大学学报，2012，35 (10)：6-9.
[2] 梁斌. 企业社会责任理论下的职业足球俱乐部社会公共服务研究 [J]. 体育科学，2013，33 (6)：52-56.
[3] 韩炜，荣思军. 职业体育组织社会责任：概念、特点与承载内容 [J]. 山东体育学院学报，2018，34 (4)：12-17.

而且不乏高质量的科研成果,但对此却仁者见仁、智者见智。总结来看,前人的研究主要持有三种不同的观点:第一,基于 Carroll 的 "CSR 金字塔结构",提出职业体育俱乐部社会责任的内容层次体系。陈锡尧等(2009)提出要在 CSR4 维理论(经济责任、法律责任、道德责任和慈善责任)的基础上,充分认识职业体育俱乐部的自身特点。他认为,与企业社会责任相比较,职业体育俱乐部所要承担的社会责任更全面、更广泛,包括经济责任、法律责任、道德责任、慈善责任、教育责任和公平竞争责任六个方面[1]。此外,韦梅等(2011)认为"教育责任和公平竞争责任"并不能囊括职业体育俱乐部所应承担的其他社会责任,还应包含战略责任、社区责任和关系责任[2]。第二,利益相关者视角下的职业体育俱乐部社会责任内容的体系建构。Babiak K 和 Wolfe R 基于利益相关者理论,提出职业体育俱乐部应承担的社会责任六大内容:环境管理、劳资关系、社区关系、慈善、种族融合与平等及公司治理[3]。Christos Anagnostopoulos 以英超联赛社会责任为切入点,提出英国职业足球俱乐部承担社会责任的十一大因素[4],并将其分成了两类,第一类为执行因素,包括员工、场地设施、健康、教育、地理位置和俱乐部;第二类为目标因素,包括体育参与、社会礼仪、公众交流、环境保护和社会发展。同时,他还建立了职业足球俱乐部履行社会责任的战略模型,并详细解释了各子项内容之间的关系。杜丛新等(2013)从内部与外部利益相关者角度,探讨了职业体育组织的社会责任,认为职业体育组织(包含俱乐部)社会责任对象包括内部和外部利益相关者,其中股东、教练员、球员和员工为内部利

---

[1] 陈锡尧,李燕燕. 体育赛事研究 [M]. 北京:人民体育出版社,2009.
[2] 韦梅,陈锡尧. 职业体育的社会责任—国内外研究的焦点问题 [J]. 体育科研,2011,32(2):66-68.
[3] Babiak K, Wolfe R. Perspectives on social responsibility in sport [M] // Salcines PLJ, Babiak K, Walters G. Routledge handbook of sport and corporate social responsibility. London:Routledge, 2013:17-34.
[4] Christos Anagnostopoulos. "Getting the tactics right" -implementing CSR in English football [M] // Salcines PLJ, Babiak K, Walters G. Routledge handbook of sport and corporate social responsibility. London:Routledge, 2013:91-104.

益相关者，消费者（球迷）、城市社区、赞助商、媒体和政府为外部利益相关者[1]。梁斌（2013）从社会公共服务的角度提出，社区服务、员工关爱和环境保护是职业足球俱乐部社会责任的基本内容[2]。韩炜等（2018）提出职业体育组织的社会责任内容由必做之事、应做之事和愿做之事三个层次构成，并且体现了职业体育组织与社会的关系逐步向更广、更深的方向发展的演变顺序[3]。第三，基于CSR理论与利益相关者理论的结合。Sheth H等（2010）提出，职业体育应结合自身特点，承担关系责任、当地责任、战略责任、领导责任及利益相关者责任[4]。张森（2013）通过定性与定量相结合的方法，提出慈善责任、社区责任、战略责任、领导责任、道德责任、法律责任和利益相关者责任是职业体育俱乐部应承担的社会责任[5]。王峰等（2020）在企业社会责任"四位一体"理论基础上，从利益相关者视角，提出股东责任、责任管理、合作伙伴责任、运动员及员工责任、消费者责任、环境责任是职业体育俱乐部社会责任的内容[6]。此外，李理等（2018）从国家现代化建设"五位一体"总体布局的视角，构建了我国体育社团社会责任内容体系[7]，为新时代中国职业体育俱乐部社会责任研究提供了思路。

然而，虽然前人的研究为我们后续研究提供了大量的有益借鉴，但仍存在一定的不足或缺陷。从义务对象考察职业体育俱乐部社会责任涵盖的内容，

---

[1] 杜丛新，谭江波. 职业体育组织社会责任理论体系研究 [J]. 首都体育学院学报，2013，25（2）：117-120.

[2] 梁斌. 企业社会责任理论下的职业足球俱乐部社会公共服务研究 [J]. 体育科学，2013，33（6）：52-56.

[3] 韩炜，荣思军. 职业体育组织社会责任：概念、特点与承载内容 [J]. 山东体育学院学报，2018，34（4）：12-17.

[4] Sheth H, Babiak K. Beyond the game: perceptions and practices of corporate social responsibility in the professional sport industry [J]. Journal of Business Ethics, 2010, 91（3）：433-450.

[5] 张森. 我国职业体育俱乐部社会责任理论与实践研究 [J]. 体育科学，2013，33（8）：14-20.

[6] 王峰，温阳. "四位一体"理论下我国职业体育俱乐部社会责任竞争力研究 [J]. 天津体育学院学报，2020，35（5）：513-518.

[7] 李理，黄亚玲. 治理视域下体育社团社会责任的概念溯源及体系构建 [J]. 北京体育大学学报，2018，41（2）：25-32.

虽能从侧面反映我国职业体育俱乐部社会责任的履行范围，但不能清晰地反映我国职业体育俱乐部社会责任的时代性、中国性的特定内容，表现出一定的不周延性，且不能反映中国与西方社会责任承担领域和关注范围的差异。深究起来，一方面，简单的列举履责对象，不仅无法揭示职业俱乐部社会责任更为丰富的开放性内涵，容易产生对社会责任实体内容理解的片面性，也会因新的社会责任承担主体和内容的出现而失去逻辑立足点。另一方面，按义务对象的标准构建俱乐部社会责任内容体系，虽有助于了解涉及的具体领域和不同主体，但各主体之间缺乏有力的逻辑联系，那么在此基础上组合而成的职业体育俱乐部社会责任内容体系必然是一盘散沙，无法回应社会实践的要求。基于此，如何以动态开放的视角构建适应新时代的职业体育俱乐部社会责任内容体系，成为本研究的重点问题。

(三) 职业体育俱乐部社会责任的评价体系研究

国内外职业体育俱乐部社会责任的评价主要有两个方向，一是从整体出发，对俱乐部社会责任的各维度进行评价，主要成果有：Tim B 等（2011）对职业体育俱乐部社会责任五个维度的目标、评价指标和完成情况赋值，进而实现以计分卡计分的形式对俱乐部社会责任活动情况进行评价[1]。庞徐薇等（2012）构建了包括经济责任、法律责任、竞争责任、道德责任和教育责任五个一级指标和十八个二级指标的职业体育社会责任评价体系[2]。此外，Jung C W 等人（2015）通过设计球迷的评价量表，对职业体育俱乐部承担的社会责任情况进行评价[3]。二是以具体社会责任行为的效果为依据，评价俱乐部社会责任履行情况，代表性的成果有：Inoue Y 等（2013）通过构建一个

---

[1] Tim B, Gregor H, Stefan W. Scoring strategy goals: measuring corporate social responsibility in professional European football [J]. Thunderbird International Business Review, 2011, 53 (6): 721-737.
[2] 庞徐薇, 陈锡尧. 我国职业体育社会责任评价指标体系的构建 [J]. 上海体育学院学报, 2012, 36 (5): 51-54.
[3] Jung C W, Kim H D, Song S H. A corporate social responsibility measurement model for sport organizations [J]. Asia Life Sciences, 2015, 24 (1): 155-167.

2×2矩阵模型，测量职业体育俱乐部社会责任行为对社会个体和群体的积极影响，并根据不同时间跨度对个体和群体的影响强度，评价俱乐部开展社会责任实践活动的实际效果[1]。Irwin CC 等（2010）通过实证研究方法评估了 NBA 灰熊队的"Get fit"小学生健身计划的实际效果，认为这个计划的实施改善了小学生的饮食习惯、丰富了营养知识，对缓解肥胖也产生了积极效果[2]。张森等（2018）采用定性与定量相结合的方法，探究了职业体育俱乐部承担的社会责任对消费者的影响程度，认为职业体育俱乐部社会责任与消费者承诺之间的关联、消费者对职业体育俱乐部的承诺和消费行为之间的关联、消费者对俱乐部的承诺和俱乐部绩效之间的关联随时间推移而逐步增强[3]。

总体来看，一方面，以构建指标体系对职业体育俱乐部社会责任内容进行评价的研究，主要从宏观视角考察了俱乐部履行社会责任的情况。另一方面，从微观视角，对俱乐部开展社会责任实践活动的效果进行评价，探讨具体活动对社会的影响。这些成果一定程度上开拓了研究视野，对履行职业体育俱乐部社会责任具有指导意义。但是，评价指标体系都是在职业体育俱乐部社会责任的内容基础上构建而成的，如果俱乐部社会责任内容体系存在一定的不足，那么以此为基础构建的评价指标体系势必很难对俱乐部形成真实有效的评价。实践中，我们应以动态的、可持续发展的眼光评价职业体育俱乐部社会责任，而不应只开展一些以提高声誉或业绩为目的的社会责任活动。从这个角度看，在构建新时代中国职业体育俱乐部社会责任新的内容体系基础上，建立与之相对应的评价指标体系还有较大的研究空间和研究价值。

---

[1] Inoue Y, Kent R A W. Assessing social impact of sport industry philanthropy and CSR [M] // Salcines PLJ, Babiak K, Walters G. Routledge handbook of sport and corporate social responsibility. London: Routledge, 2013: 298-308.

[2] Irwin C C, Irwin R, Miller E M, et al. Get fit with the grizzlies: a community-school-home initiative to fight childhood obesity [J]. Journal of School Health, 2010, 80 (7): 333-339.

[3] 张森, 王家宏. 职业体育俱乐部的企业社会责任对消费者的长期影响 [J]. 北京体育大学学报, 2018, 41 (10): 19-24.

（四）职业体育俱乐部社会责任的实现路径研究

国内外关于职业体育俱乐部社会责任的实现路径研究相对较少，学界研究重心仍倾向于俱乐部社会责任的内容与评价。冯维胜（2010）在分析我国职业体育俱乐部社会责任发展现状及问题成因的基础上，提出了职业体育俱乐部以身作则、职能部门强化行业管理、社会舆论与媒体加强监督及司法机关有效惩治等举措[1]。黄健等（2012）以职业体育俱乐部社会责任的内涵为基础，在分析其社会责任无法善尽的原因基础上，提出了将俱乐部社会责任纳入法制化与制度化轨道上、媒体利用舆论正确引导和有效约束俱乐部行为、提高俱乐部经济效益、发挥非政府组织对俱乐部社会责任承担的推动作用[2]。赵燕等（2015）分析了职业体育赛事社会责任建设的情况和问题，进而提出了政府应在社会责任建设中发挥主导作用、职业体育赛事主体应树立正确的社会责任理念并积极履行社会责任、建立社会责任披露与监督机制[3]。宋冰等（2017）提出，政府应通过颁布政策、营造氛围推动社会责任治理，基于足球组织自身本质属性构建社会责任内容体系，足球协会应探索部门主导型治理模式，职业足球组织也应探索组织嵌入型治理模式[4]。张宁（2020）认为，按照认知提升—制度规约—交往实践的行动逻辑，推动职业篮球社会责任的"内化"[5]。

总之，前人提出了政府制定政策引导职业体育俱乐部履行社会责任；建立部门或协会主导型社会责任治理模式；将社会责任理念嵌入职业体育俱乐部的日常管理与运营；强化新闻媒体与社会舆论的监督作用等路径。这些虽

---

[1] 冯维胜. 推进我国职业体育俱乐部的社会责任建设[J]. 广州体育学院学报, 2010, 30（1）: 23-28.

[2] 黄健, 刘铮, 郝凤霞. 和谐社会背景下我国职业体育俱乐部社会责任探究[J]. 成都体育学院学报, 2012, 38（6）: 41-43.

[3] 赵燕, 黄海峰. 试论我国职业体育赛事社会责任[J]. 广州体育学院学报, 2015, 35（2）: 4-6.

[4] 宋冰, 耿瑞楠, 张廷安, 等. 欧足联与英超联盟社会责任治理的比较及对我国的启示[J]. 天津体育学院学报, 2017, 32（4）: 298-307.

[5] 张宁. 我国职业篮球治理逻辑框架——基于社会责任与治理融合的视角[J]. 体育学刊, 2020, 27（6）: 57-62.

对职业体育俱乐部社会责任的承担具有促进作用，但并未充分考虑不同时代背景下的中国社会现实以及职业体育俱乐部社会责任的本质与类属。单纯依靠政府强制或职业体育俱乐部主动承担，抑或简单移植西方国家社会责任治理方式，而不考虑国情，所提出的社会责任实现路径注定难以产生预期的治理效果。俱乐部社会责任的履行是全方位的系统工程，须由规则之治和关系契约等非正式规范的复杂治理结构相互补充完成。因而，对其社会责任实现路径进行研究仍有很大的空间和价值。

二、已有研究的不足及可拓展之处

整体来看，国内外学界从不同视角对职业体育俱乐部履行社会责任进行了广泛而深入的研究，对推动职业体育俱乐部切实履行社会责任以及实现自身的可持续发展作出了重要贡献。概括而言，职业体育俱乐部应当履行社会责任已达成共识，但是，目前已有成果缺乏对新时代中国现实国情的关照，缺少从理论层面解读和论述我国职业体育俱乐部社会责任的内在诉求和特殊性的研究成果。我国学者的研究主要集中在西方企业社会责任思想下，开展职业体育俱乐部社会责任的内涵界定与特征分析、社会责任的履行范围与内容及社会责任评价等方面，而对于新时代中国职业体育俱乐部的特定类型、所处社会背景和条件以及社会责任特性缺乏针对性分析，尚未确立适合我国国情的职业体育俱乐部社会责任承担的正当性基础和具有中国特色的社会责任内容体系。对职业体育俱乐部社会责任实体内容的分析存在滞后性、封闭性和平面性，仍停留在对企业社会责任体系的充分借鉴和移植上，没有科学构建出符合我国新时代要求的，立体化、动态化的职业体育俱乐部社会责任模型体系。

随着经济全球化程度不断加深，职业体育俱乐部面临的社会责任承担环境也日趋复杂，如何科学界定职业体育俱乐部社会责任内涵，阐释新时代中国职业体育俱乐部社会责任承担的正当性基础，以及如何根据我国职业体育俱乐部的本土化特点，构建适合新时代的中国职业体育俱乐部社会责任体系，寻找促进我国职业体育俱乐部承担社会责任的实现路径，成为新时代中国职业体育俱乐部社会责任研究不可回避的现实问题。不同国家职业体育俱乐部社会责任都有其自身发展的特殊性和内在要求。正如卢代富（2002）提出："惟有置身于一定的历史背景中，才能真正领会企业社会责任运动的完整意义"[1]。任何脱离国家发展的时代背景和现实情况，研究职业体育俱乐部社会责任都是不科学的、不切合实际的。

由此，基于我国与西方国家不同的社会背景和国情，本文以新时代中国职业体育俱乐部社会责任发展中存在的实际问题为导向，探讨新时代中国职业体育俱乐部社会责任的特定内涵与基本特征，并以"关系契约"理论为基础阐述新时代中国职业体育俱乐部承担社会责任的正当性基础，以国家现代化建设"五位一体"总体布局为基本框架，构建与论述新时代中国职业体育俱乐部社会责任的内容体系，进而提出科学合理、切实可行的实现路径。这不仅是对已有研究成果的继承和接续，也是对我国职业体育俱乐部社会责任研究的探索和创新。

第三节 研究思路、方法与技术路线

一、研究思路

本文始终遵循提出问题、分析问题、解决问题的撰写思路，以论述新时代中国职业体育俱乐部社会责任的实体内容为重点和主线，围绕一个中心：展现中国职业体育俱乐部社会责任的时代性和中国性，两条路径：关系契约贯穿研究始末这条暗线和职业体育俱乐部社会责任的内容体系构建与推进路径这条明线展开研究，两条路径融合推进。

---

[1] 卢代富. 企业社会责任的经济学与法学分析 [M]. 北京：法律出版社，2002：30.

第一步：围绕本选题查阅文献资料，明确前人已经做了什么，其研究不足与薄弱点在哪里，还需要做什么。明确本研究的重点与难点。

第二步：始终围绕一个中心，展现中国职业体育俱乐部社会责任的时代性和中国性；两条路径，关系契约贯穿研究始末这条暗线和职业俱乐部社会责任的内容体系构建与推进路径这条明线展开研究，两条路径融合推进。

第三步：按照"概念与特征—正当性与契合性—体系构建—经验借鉴—推进路径"这一逻辑主线，将研究内容分为五个部分，展开课题研究。

第四步：遵照方法论指导，以文献资料法、专家访谈法、问卷调查法、德尔菲法、案例研究法及比较分析法等为主要工具，选用适宜的研究方法完成各部分的研究工作，保证研究成果的科学性。

第五步：结合专家反馈意见对研究成果进行修订，形成最终成果。

二、研究方法

（一）文献资料法

通过查阅与"职业体育俱乐部""企业社会责任"相关学科或理论文献，以前人的研究成果作为演绎推理的基础。主要获取了三类文献资料：第一类，著作类。通过国家图书馆、北京师范大学图书馆的文献和网络检索等方式，查阅了体育学、经济学、社会学、管理学等包括中文或外文学术专著和教材60余部。第二类，论文类。包括《体育科学》等体育学科和《中国行政管理》《管理世界》等其他学科期刊文献及硕博学位论文160余篇。第三类，其他类。国务院、国家体育总局、国际足球联合会（国际足联）、中国足球协会（中国足协）、中国篮球协会（中国篮协）等发布的政策文件；国内外职业体育俱乐部官网、腾讯体育等新闻报道。

（二）专家访谈法

对部分学界专家及国家体育总局、中国足协、中国篮协、有关职业体育俱乐部领导或管理人员等20人进行面对面或电话访谈（表0-1），全面了解我国职业体育俱乐部应该承担什么样的社会责任及当前社会责任的承担情况，收集第一手资料，为理论探索提供大量的事实资料。

表0-1 专家访谈人员信息一览表

序号	姓名	职务/职称	单位	时间	形式
1	金**	顾问	北京足球协会	2019年12月26日	当面咨询
2	张**	原副董事长	北京国安足球俱乐部	2019年12月21日	当面咨询
3	匡**	原运营部部长	国家体育总局篮球管理中心	2019年11月21日	当面咨询
4	李**	主任	人大附中三高足球基地	2020年1月7日	当面咨询
5	宋**	原青委会主任	中国篮球协会	2019年10月24日	当面咨询
6	许**	原社发部部长	中国篮球协会	2020年2月10日	电话咨询
7	于**	教授	首都体育学院	2020年1月6日	当面咨询
8	李**	教授	北京师范大学	2019年12月29日	当面咨询
9	陈**	教授	福建师范大学	2020年9月15日	电话咨询
10	张**	教授	北京体育大学	2019年12月29日	当面咨询
11	李**	教授	苏州大学	2020年9月22日	电话咨询
12	李**	青少部部长	山东省足球运动管理中心	2020年1月14日	电话咨询
13	文**	原青少部部长	北京足球协会	2019年12月17日	当面咨询
14	杨**	竞赛部主管	广州城足球俱乐部	2021年3月18日	电话咨询
15	黎**	竞赛部经理	广州恒大足球俱乐部	2021年3月15日	电话咨询
16	纪**	原竞赛部经理	山东泰山足球俱乐部	2021年2月6日	电话咨询
17	吴**	原竞训部经理	北京控股篮球俱乐部	2021年4月17日	当面咨询
18	傅**	足球国际级裁判员	首都体育学院	2021年9月19日	当面咨询
19	张**	篮球国际级裁判员	首都体育学院	2021年9月12日	当面咨询
20	贾**	助理教练（CBA球员）	国家女子篮球队	2021年11月3日	当面咨询

(三) 问卷调查法

根据研究目的和任务，结合有关文献，本研究设计了专家问卷。该专家问卷共五个维度十四个具体指标。

本文请 8 位专家进行内容效度检验。其检验结果如表 0-2 所示，专家问卷平均得分为 8.63 分、有效度为 86.3%。从专家的评价情况看，调查问卷中的内容能够反映研究中需要的内容，具备实施调查的有效性。

表 0-2 专家问卷的内容效度检验结果表

程度	非常有效		有效		一般		不太有效		很不有效		有效得分
专家问卷	10/2	9/2	8/3	7/1	6/0	5/0	4/0	3/0	2/0	1/0	8.63

根据本课题研究的实际情况，专家问卷通过问卷星发放，第一轮共发放问卷 35 份，回收 32 份，回收率 91.4%，有效回收 32 份，有效回收率 100%；第二轮共发放问卷 32 份，回收 32 份，回收率 100%，有效回收 32 份，有效回收率 100%。其发放与回收情况如表 0-3 所示。根据美国学者艾尔·巴比的观点，回收率在 70% 以上者为非常好。由此，两轮专家问卷的回收率能满足本课题研究的需求。

表 0-3 专家问卷的发放与回收情况表

发放轮次	发放/份	回收/份	回收率/%	有效回收/份	有效回收率/%
第一轮	35	32	91.4	32	100
第二轮	32	32	100	32	100

两轮专家问卷的可靠性运用同质性信度测量，其信度系数采用 Cronbch's α 系数进行估计，系数 α 越大，问卷的信度越高，反之则越低。检验结果见表 0-4，第一轮专家问卷的 Cronbch's α 系数为 0.892，第二轮为 0.946，认为此两轮专家问卷具有较高的信度。

表 0-4　专家问卷的信度检验结果表

轮次	Cronbch's α	样本量
第一轮	0.892	14
第二轮	0.946	12

（四）德尔菲法

德尔菲法又称专家意见法。调查人员将拟定好的问题以问卷的形式发给有关专家，背对背填写意见，通过 2~3 轮的咨询与反馈，使专家们的意见趋于集中和稳定，从而获得专家集体判断的结果。本文运用德尔菲法对新时代中国职业体育俱乐部社会责任体系的具体要素进行筛选与修改，根据两轮专家问卷调查的结果，对具体要素进行删除、增加、修正和完善，增强要素选取的科学性与准确性，为构建俱乐部社会责任体系奠定基础。

第一轮专家问卷中指标的筛选将按照简单、多数的原则进行：①重要程度在 2/3 以下的要素。其筛选依据为，我国宪法的修改，须全国人民代表大会以全体代表的 2/3 以上的多数通过后，才能进行宪法的修改。重要程度是指专家对各具体要素的评分在 4 分及以上的专家人数占总专家人数的比例。②变异系数在 0.25 以上的要素。研究表明，运用德尔菲法进行研究指标筛选时，变异系数的取舍界限一般为 0.20~0.30[1-3]。其中，变异系数的计算方式：$CV=S/X$（S 为标准差，X 为平均数），变异系数可反映数据的离散程度。同时，根据有关专家的意见，对部分具体要素的名称进行了合并和修改。第二轮专家问卷中对要素筛选的原则：①重要程度在 2/3 以下的具体要素；②为使专家意见更为协调一致，故在本轮筛选时提高了对变异系数的要求，

---

[1] 孔越、陈娟. 德尔菲法在社区卫生服务利用者满意度指标筛选中的应用 [J]. 中国初级卫生保健，2007，21（5）：32.
[2] 杨武、苗志敏、杨松凯，等. 基于 Delphi 法主管护师综合评价指标筛选的研究 [J]. 中国医院管理，2009，29（2）：62-64.
[3] 马成顺、钟秉枢. 体育竞赛产品市场竞争力评价指标体系研究 [J]. 沈阳体育学院学报，2011，30（1）：10-15.

将变异系数在 0.20 以上的具体要素舍弃。从两轮问卷调查结果来看，专家的意见基本趋于一致和稳定。

（五）案例研究法

通过专家陈述、互联网、报纸、书籍等媒介，搜集近年来我国职业体育俱乐部社会责任发展过程中出现的典型案例，例如球员转会的"阴阳合同"、俱乐部欠薪、慈善与捐助活动等，为本文的论证过程和观点提供有力支撑。

（六）逻辑分析法

本文理论性、思辨性较强，需要理论的思维方法。围绕新时代中国职业体育俱乐部社会责任的本质内涵与特征、俱乐部承担社会责任的正当性基础以及俱乐部社会责任的内容体系与实现路径等几个部分进行探究，注重厘清各部分之间的逻辑关系，运用分析与综合、归纳与演绎等逻辑方法，以俱乐部社会责任的本质内涵为基础，阐释新时代中国职业体育俱乐部承担社会责任的正当性基础，构建国家现代化建设"五位一体"总体布局下俱乐部社会责任的实体内容体系，进而提出科学合理、操作可行的俱乐部社会责任发展思路与推进路径。

（七）比较分析法

不同国家处于不同的发展阶段，政治、经济、文化、社会背景差异较大，需要在相互比较中学习、借鉴与创新。第一，对国内外职业体育俱乐部社会责任的相关研究现状及相关概念做了比较，明确了研究价值与创新之处。第二，对比剖析"同心圆式"和"层级式"社会责任体系模型的缺陷，为更好地构建新的社会责任体系提供良好基础。第三，借鉴 NBA 俱乐部、J 联赛俱乐部社会责任治理先进经验，结合我国实际情况，提出促进我国职业体育俱乐部社会责任发展的具体路径。

（八）数理统计法

运用 SPSS 22.0 软件和 EXCEL 2016 对有关调查数据进行统计分析，为研究论证提供数据支撑。

三、技术路线

研究的技术路线如图 0-1 所示。

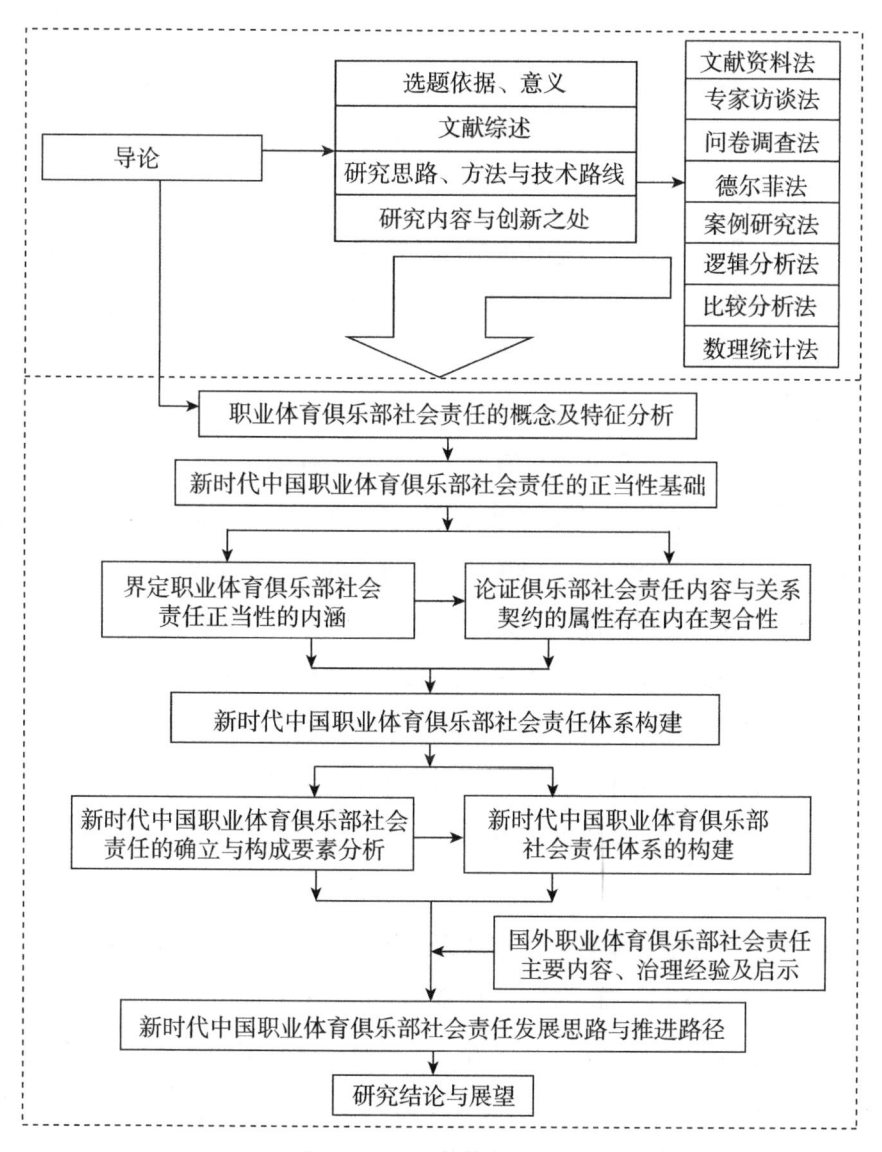

图 0-1 研究的技术路线图

第四节 研究内容与创新之处

一、研究内容

本文共有七章内容。

导论：分析了选题背景、研究意义及国内外研究梳理及述评，提出已有研究的不足与拓展空间；阐述了研究基本思路、研究方法、技术路线以及主要内容与创新之处。

第一章：职业体育俱乐部社会责任的概念及特征分析。该章在梳理国内外企业社会责任概念的基础上，对职业体育俱乐部社会责任概念进行了重塑，深入分析了其内涵和外延，在此基础上澄清了三个关于俱乐部社会责任的认识误区，最后归纳分析了俱乐部社会责任的特征分析。

第二章：新时代中国职业体育俱乐部社会责任的正当性基础。该章对职业体育俱乐部社会责任正当性的理论探讨与审视，在此基础上，概述了"关系契约"理论及其与职业体育俱乐部社会责任的契合性分析，最后对关系契约理论指导职业体育俱乐部社会责任建设的重要价值进行了深入探究。

第三章：新时代中国职业体育俱乐部社会责任体系构建。该章在分析已有职业体育俱乐部社会责任体系及解析，以国家现代化建设"五位一体"总体布局为指导框架，构建了新时代中国职业体育俱乐部社会责任体系，并以关系契约理论为支撑，确立并解释了新时代中国职业体育俱乐部社会责任的三维模型透视。

第四章：国外职业体育俱乐部社会责任主要内容、治理经验及启示。该章分别对美国 NBA 俱乐部、日本 J 联赛俱乐部履行社会责任的主要内容及治理经验进行了梳理和归纳，在此基础上，提出了对我国职业体育俱乐部社会责任发展启示。

第五章：新时代中国职业体育俱乐部社会责任发展思路与推进路径。该章首先对我国职业体育俱乐部社会责任履行现状与问题进行了调研与分析，在此基础上，结合国外职业体育俱乐部治理经验，提出了新时代中国职业体育俱乐部社会责任发展的总体目标、基本原则以及具体推进路径。

第六章：研究结论与展望。总结全文，归纳研究结论，提出研究的局限性及未来努力的方向。

二、创新之处

（一）视角新

当前已有研究大部分从利益相关者理论、企业公民理论的视角探讨职业体育俱乐部的社会责任，鲜有立足新时代中国的现实背景，从"关系契约"这一理论视角切入的相关研究，弥补了已有理论对职业体育俱乐部承担社会责任的正当性解释不足的缺陷，体现出较好的创新性。

（二）主题新

本研究是一个与时代发展紧密相关的研究主题。虽然学界对职业体育俱乐部社会责任共性问题的讨论如火如荼，但对其中国性、现代性的研究相对较少。围绕"新时代中国"这一特定时代背景和现实情况，结合时代发展需要，对我国职业体育俱乐部社会责任的特定内涵和实体内容予以深刻论述，明确提出俱乐部社会责任发展的"中国方案"，这一问题尚未有学者进行过系统研究。

（三）观点新

本文从概念界定切入，在分析关系契约理论与职业俱乐部社会责任契合性的基础上，构建了新时代中国职业体育俱乐部社会责任体系，同时以关系契约为支撑，确立了新时代中国职业体育俱乐部社会责任的三维模型，清晰地呈现履责内容、履责主体与履责对象之间的逻辑关系，并归纳出美国NBA俱乐部、日本J联赛俱乐部社会责任治理经验，结合我国俱乐部履责现状，提出了新时代中国职业体育俱乐部社会责任发展思路与推进路径。这些新观点的提出，在一定程度上丰富了我国职业体育俱乐部社会责任的理论研究，体现了一定的理论创新价值。

第一章

职业体育俱乐部社会责任的概念及特征分析

企业社会责任的概念源于西方，它经历了一个长期缓慢的发展过程，虽然人们对企业社会责任内涵的认识逐步深化，但至今仍没有形成统一的概念。职业体育俱乐部作为一类特殊的企业，其社会责任研究成为一般企业社会责任研究的拓展和延伸。职业体育俱乐部社会责任概念既是俱乐部社会责任研究中的一个基本问题，也是一个关键问题。随着俱乐部社会责任理论研究和实践发展的持续深入，概念界定的不一致和语境上的歧义严重阻碍了俱乐部社会责任的健康发展。由此，在梳理国内外企业社会责任概念的基础上，对俱乐部社会责任概念进行更加深入的探究，对俱乐部社会责任的认识误区进行澄清并对其特征进行归纳，仍然是当前俱乐部社会责任研究领域中的一个重要议题。

第一节 职业体育俱乐部社会责任的概念重塑

一、企业社会责任概念的发展回顾——俱乐部社会责任概念的来源

从国外研究来看，虽然"企业社会责任"一词源于美国，但一般认为，英国学者Sheldon最早提出了企业社会责任（Corporate Social Responsibility）的概念。进入20世纪50年代后，企业社会责任才成为西方学界的焦点议题，特别

是对企业社会责任的概念界定存在很大的争议和分歧,形成了各不相同的观点。1953年,Bowen认为,企业家有责任根据社会公众所期望的目标和价值要求,制定政策和制度,做出决定并采取具体的行动,即为企业社会责任[1]。从20世纪60年代开始,关于企业社会责任的研究迅速增多,但人们关注的对象却逐渐由企业家社会责任转向企业社会责任。Davis(1960)提出,如果企业逃避承担社会责任,那么社会赋予的相应权力也必将逐步丧失,因为企业的社会责任与社会权力是相称的[2]。同年,Frederick提出,企业应通过对经济运行的监督满足大众期望,促进社会进步[3]。McGuire(1963)进一步丰富了企业社会责任的内涵,认为企业不仅要承担法律和经济责任,还要承担超越这些义务的社会责任[4]。然而,上述这些对企业社会责任概念的认识却始终没有成为主导话语,而一直被Friedman(1970)的观点所统治,认为在一个自由、公开而没有欺诈的市场竞争中,企业唯一的责任就是获取经济利益最大化[5]。

直到20世纪70年代,这种占据企业社会责任领域数年的观点才开始遭到研究者的抨击,并逐渐失去主导地位。1971年,美国经济发展委员会提出,企业不应仅提供产品和服务,也应为人民生活质量的提升作出相应贡献。而后又提出了企业社会责任"同心圆"体系模型[6]。企业社会责任的承担必须是真实付出且是纯粹自愿的,任何强制要求承担的责任都不应囊括在企业社会责任之列,此为Manne等(1972)在一场辩论中提出的观点[7]。Davis(1973)

---

[1] Bowen H R. Social responsibility of the businessman [M]. New York: Harper&Row, 1953: 32-36.

[2] Davis K. Can business can afford to ignore social responsibility? [J]. California Management Review, 1960 (2): 70-76.

[3] Frederick W C. The growing concern over business responsibility [J]. California Management Review, 1960 (2): 54-61.

[4] McGuire J W. Business and society [M]. New York: McGraw-Hill, 1963: 45-47.

[5] Friedman M. The social responsibility of business is to increase its profits [J]. The New York Times Magazine, 1970 (13): 122-126.

[6] Committee for Economic Development. Social responsibility of business corporations [M]. New York: Committee for Economic Development, 1971: 57.

[7] Manne H G, Wallich H C. The modern corporation and social responsibility [M]. Washington D. C: American Enterprise Institute for Public Policy, 1972: 34-38.

第一章 职业体育俱乐部社会责任的概念及特征分析

针对企业社会责任的两种对立观点的分歧，提出企业有责任评估自身行为对社会造成的影响，保证其决策在促使企业获得传统经济利润的同时也能增加社会福利[1]。1979年著名学者Carroll提出在特定时期内，社会对企业在法律、经济、伦理和慈善等方面的期望即为企业社会责任[2]，这一定义至今仍被学界广泛使用；以原有概念为基础，他提出了企业社会责任的"金字塔"体系模型，认为经济责任是企业履行的最基本的社会责任[3]；他还从企业与社会之间的关系出发，提出了一个具有代表性和广泛影响力的企业社会责任概念释义，即企业社会责任的"三重底线"（经济、社会、环境），任何企业行为都不能突破"三重底线"，这既是社会对企业的最低要求，也是保障企业持续发展的基本条件[4]。这一时期，将利益相关者理论运用于企业社会责任研究是大势所趋，使原来企业社会责任概念中的"社会"被企业的利益相关主体所替代，从而推动了企业社会责任概念的发展。并且，学界研究的重点也由"企业是否应承担社会责任的问题"转向"企业应承担哪些社会责任的问题"。

进入21世纪后，承担社会责任日趋成为全球企业的共同责任和价值追求，一些国际组织也成了推动企业社会责任发展的重要力量。如联合国的"全球契约"提出，企业社会责任的承担应从人权、劳工、环境和反贪污四个维度展开。欧盟委员会提出，企业社会责任指的是企业在自愿的基础上，把对社会和环境的影响整合到企业运营及其与利益相关主体的互动过程之中[5]。《社会责任指南标准》（ISO 26000）指出，社会责任是指组织通过明

---

[1] Davis K. The case for and against business assumption of social responsibilities [J]. Academy of Management Journal, 1973 (16): 312-322.

[2] Carroll A B. A three-dimensional conceptual model of corporate performance [J]. The Academy of management Review, 1979, 4 (4): 497-505.

[3] Carroll A B. The pyramid of corporate social responsibility: toward the moral management of organizational stakeholders [J]. Business Horizon, 1991 (34): 39-48.

[4] Carroll A B. Corporate social responsibility: evolution of a definitional construct [J]. Business and Society, 1999, 38 (3): 268-295.

[5] European Commission. Promoting a European framework for corporate social responsibility [R]. Brussels: Commission of the European Communities, 2001.

晰且合乎道德的行为保证对自身管理决策和实践活动的社会与环境影响负责，这些行为具有利于持续发展、考虑利益相关主体的期望、符合国际法规和行为规制等特点，并将其融入组织，在组织与社会、环境之间的互动关系中得到充足的实践。Sternberg（2009）认为，企业社会责任并不与股东利益相冲突，实质是超越了股东利益的局限性[1]。此时期的国外企业社会责任理论与实践得到快速发展，学界不仅关注企业的履责内容，还进一步将研究指向了企业社会责任的实现方式。对企业社会责任概念界定，既有来自学界从学术和逻辑视角的定义，也有来自国际组织、企业家等从实操性、具体性原则出发的定义，从而丰富了企业社会责任概念的内涵和外延。

从20世纪80年代中后期开始，国内才有少数学者关注企业社会责任，并尝试从理论上界定企业社会责任的概念。王秋丞（1987）提出，企业自愿协助解决社会问题并为社会作出相应的贡献，即履行社会责任[2]。吴克烈（1989）通过相关概念辨析，提出企业对社会所应担负的法律义务就是企业的社会责任[3]。刘俊海（1999）则认为，公司应该担负增进和维护其利益相关主体利益的责任，而不能将寻求利润最大化作为自身唯一目标[4]。这一时期，国内对企业社会责任概念的研究较为零散，对其理解和认识不够深刻，处于起步阶段。进入21世纪后，对企业社会责任概念的认识逐步加深，研究的系统性也在不断增强，企业社会责任概念得到快速发展。卢代富（2001）与刘俊海（1999）的认识基本一致，差异是前者强调企业社会责任是一种与经济责任相对应的责任[5]，显然已将两种责任并列起来。随着认识的逐步加深，李伟阳等（2008）在梳理国内外企业社会责任研究的基础上，重塑了企业社会责任的概念，他把企业社会责任视为企业寻求经济、社会和环境三者

---

[1] Sternberg E. Corporate social responsibility and corporate governance [J]. Economic Affairs, 2009, 29 (4): 5-10.
[2] 王秋丞. 商业企业的社会责任 [J]. 江苏商业管理干部学院学报, 1987 (2): 21-23.
[3] 吴克烈. 企业社会责任初探 [J]. 企业经济, 1989 (8): 7-11.
[4] 刘俊海. 公司的社会责任 [M]. 北京：法律出版社，1999：2.
[5] 卢代富. 国外企业社会责任界说述评 [J]. 现代法学, 2001, 23 (3): 137-144.

综合价值最大化的一种行为[1]。此外,李双龙(2010)提出,除了经济责任外的一切责任都属于社会责任,即企业社会责任[2]。总之,这一阶段国内学者对企业社会责任概念做了大量的探讨,对其理解出现了广义与狭义之分,对企业应该承担社会责任的内容范畴认识呈现多样化。

从以上国内外企业社会责任概念的发展情况来看,学界至今对企业社会责任的释义仍未达成一致看法,没有得出统一的答案。然而,可以肯定的是,前人基本上都是从履责内容、履责方式和履责动力三个维度对企业社会责任概念进行界定的,虽然在不同维度上还存在一定的争议和分歧,但不可否认企业社会责任是一个多维度的概念。职业体育俱乐部作为一类特殊企业,对其社会责任研究也是在一般企业社会责任研究的影响下开展和推进的,且伴随一般企业社会责任理论与实践的发展而不断发展。

二、职业体育俱乐部社会责任概念的梳理与分析

(一) 俱乐部社会责任概念的国内外发展回顾

从20世纪70年代起,国外职业体育俱乐部陆续建立慈善基金会,通过球员或教练员奉献时间或捐款捐物等形式开展慈善捐赠活动[3]。尽管这些俱乐部开展慈善活动对社会产生了一定的影响,但企业社会责任并没有在职业体育领域中发挥重要作用[4]。事实上,俱乐部相关履责实践活动早已开展,直到进入21世纪社会责任才受到体育学界的广泛关注。Babiak等(2006)主张社会责任是自愿性责任,并以Carroll企业社会责任框架为基础,提出职业体育组织应履行符合或超越社会期望的伦理责任和慈善责任,而非履行强制

---

[1] 李伟阳,肖红军. 企业社会责任概念探究 [J]. 经济管理, 2008 (21): 177-185.
[2] 李双龙. 论企业社会责任的性质 [J]. 改革与战略, 2010 (10): 165-168.
[3] Irwin R L, LACHOWETZ T, CORNWELL T B, et al. Cause-related sport sponsorship: An assessment of spectator beliefs, attitudes, and behavioral intentions [J]. Sport Marketing Quarterly, 2003, 12 (3), 131-139.
[4] Kott A. The philanthropic power of sport [J]. Foundation News & Commentary, 2005 (2): 20-25.

性的法律责任和经济责任[1]。Aaron 等（2007）认为职业俱乐部等体育企业通过捐赠物资、市场营销、体育赞助、志愿服务等方式对社会文化、环境、教育和健康问题产生积极影响，其社会责任承担具有高效性和多样性[2]。Babiak 等（2009）对俱乐部社会责任提出了新的观点，基于利益相关者理论，提出劳工关系、公益慈善、种族融合与平等、社区关系、环境保护与管理及公司治理是职业体育俱乐部社会责任的六大维度[3]。这一时期，虽然对俱乐部社会责任概念有了初步的认识，但对这个概念的理解基本从狭义的视角出发，且大多数定义操作性、实用性强，但学术性、概括性不足。

随着俱乐部社会责任实践发展，关于俱乐部社会责任的研究成果迅速增多，对俱乐部社会责任概念的认识也有了提升。Sheth 等（2010）通过调研发现，职业体育俱乐部以社区为导向，通过协作和战略的方式承担其道德、慈善、法律等社会责任，主要涉及伦理责任、法律责任、慈善责任、战略责任、社区责任、领导责任、合作伙伴责任及利益相关者责任八个方面[4]。尽管这一定义对俱乐部社会责任的理解有了新的突破，将经济责任和法律责任也纳入进来，但与 Carroll 的"金字塔"体系模型存在一定差异，伦理责任和慈善责任优先于法律责任和经济责任。Hamil 等（2011）对苏格兰足球超级联赛俱乐部（苏超联赛俱乐部）社会责任进行探究，认为俱乐部社会责任是指其在维护自身利益的基础上，为响应更广泛的社会议题，加强与利益相关者关系的多重动机的行为，其履责被利益相关者的合法性期待、更广泛社会议题的

---

[1] Babiak K, Wolfe R. More than just a game? corporate social responsibility and Super Bowl XL [J]. Sport Marketing Quarterly, 2006, 15 (4): 214-222.

[2] Aaron C T, SMITH H M. WESTERBEEK. Sport as a vehicle for deploying corporate social responsibility [J]. Journal of Corporate Citizenship, 2007, 25 (1): 43-54.

[3] Babiak K, Wolfe R. Determinants of corporate social responsibility in professional sport: internal and external factors [J]. Journal of Sport Management, 2009, 23 (6): 717-742.

[4] Sheth H, Babiak K. Beyond the game: perceptions and practices of corporate social responsibility in the professional sport industry [J]. Journal of Business Ethics, 2010, 91: 433-450.

响应或潜在的经济利益所驱动[1]。Christs 等（2014）调研发现，体育参与、社会礼仪、公众交流、环境保护、社会发展为英国职业足球俱乐部履行社会责任的目标维度[2]。Richard 等（2016）认为，美国 NBA、NFL 和 MLB 俱乐部社会责任既是一种义务，也是俱乐部战略发展的一个重要因素，不仅能提高球员的感知能力，还能帮助俱乐部改善自身声誉和公众形象[3]。Joo 等（2017）从制度理论的视角，提出外部强制性压力、模仿性压力和规范性压力促使职业体育组织积极履行社会责任，强制性压力主要是政府的外部政治影响、球迷和社区的期望；模仿性压力主要是模仿其他国际体育组织履责实践、成功体育组织的履责模型；规范性压力主要是同级别体育组织的履责能力、关注青少年的强烈趋势及明文规定的企业社会责任[4]。Moyo 等（2020）认为，职业体育俱乐部社会责任不仅仅被视为开展一些人道主义活动，而越来越多地被用于通过影响社会环境和利益相关者提高俱乐部的商业竞争力，且内外部环境因素和利益相关者直接影响俱乐部社会责任承担的连续性[5]。这一时期，除了上述的代表性观点外，还有一些学者也对俱乐部社会责任的概念进行了探究，如 Matthew Walker 等（2010）、Breitbarth 等（2011）、Russell Lacey（2016）及 Aurélien François 等（2019）都从自身角度提出了对俱乐部社会责任概念的理解，涉及环境维度、慈善维度、利益相关者维度、社会融合维度及伦理维度等，但从目前来看，大多数定义或理解基本是通过归纳俱乐部履责实践活动，抑或是从履责动力、影响因素、功能作用等角度诠释俱

---

[1] Hamil S, Morrow S. Corporate social responsibility in the Scottish Premier League: context and motivation [J]. European Sport Management Quarterly, 2011, 11 (2): 143-170.

[2] Christs A, Terri B, David S. Corporate social responsibility in professional team sport organizations: towards a theory of decision-making [J]. European Sport Management Quarterly, 2014, 3 (14): 259-281.

[3] Richard A, Mcgowan S J, John F M. Corporate social responsibility in professional sports: an analysis of the NBA, NFL, and MLB [J]. The Marco Polo Forum, 2016: 1-22.

[4] Joo S, Larkin B, Walker N. Institutional isomorphism and social responsibility in professional sports [J]. Sport, Business and Management, 2017, 7 (1): 38-57.

[5] Moyo T, Dufffett R, Knott B. Environmental factors and stakeholders influence on professional sport organizations engagement in sustainable corporate social responsibility: a South African perspective [J]. The Journal of Sustainability, 2020, 12: 1-19.

乐部社会责任。在此时期，尽管对俱乐部社会责任概念的界定呈现多样化，但俱乐部社会责任是指一系列超出经济利益和法律要求而只为增进社会利益的行为仍是国外学界的主流观点。

国内对于俱乐部社会责任的真正研究，比西方国家起步晚、发展慢，这也导致了国内对俱乐部社会责任概念的认识、理解和研究长期处于移植、消化和吸收阶段，尤其对国外企业社会责任理论的借鉴更是津津乐道。根据研究成果的分布，相较于企业社会责任概念研究，俱乐部社会责任概念在国内的研究推进缓慢。进入21世纪后，随着我国职业体育改革发展的深入推进，少数学者开始关注职业体育俱乐部的道德建设，但研究相对零散。苏贵斌（2007）认为，职业足球俱乐部要遵守社会规则，在与其利益相关主体的业务往来中对自身行为及其行为所造成的后果负责，即俱乐部履行对利益相关主体与其行为相对应的社会责任[1]。尽管这一理解并非直接针对职业俱乐部社会责任的概念界定，却是国内最早将俱乐部建设与社会责任建立密切联系的代表性成果。李锡鹏（2009）提出，如果职业足球俱乐部一味地寻求股东利益最大化，而不重视承担社会责任，将严重影响俱乐部的生存和发展[2]。从已有文献看，在2010年以前，国内关于职业俱乐部社会责任的研究处于萌芽阶段，没有专门的俱乐部社会责任概念，学界对俱乐部社会责任的关切度偏低。

2010年后，国内关于俱乐部社会责任的研究增多，进入了新的发展阶段。冯维胜（2010）首次界定了俱乐部社会责任的概念，认为俱乐部社会责任是指俱乐部根据从事项目的特点，对其应扮演的角色进行准确定位，而这里的角色就是俱乐部在何种理念和方式下处理其内部问题及其与外部组织的关系

---

[1] 苏贵斌. 职业足球俱乐部职业道德建设构想：一个利益相关者的视角[J]. 广州体育学院学报，2007, 27（5）：91-93.
[2] 李锡鹏. 公司的社会责任与中国职业足球俱乐部[J]. 法制与社会，2009（10）：248.

第一章 职业体育俱乐部社会责任的概念及特征分析

问题[1]。黄健等（2012）认为，社会期望俱乐部承担的义务就是俱乐部的社会责任，它由法律责任、经济责任、伦理责任、公益责任和文化责任构成[2]。张森（2013）和杜丛新等（2013）均以Carroll"金字塔"体系模型为基础界定了俱乐部社会责任的概念，前者认为俱乐部社会责任由慈善责任、战略责任、社区责任、道德责任、领导责任、法律责任和利益相关者责任共同构成[3]，后者则将法律责任、伦理责任、经济责任和慈善责任四大责任归结为俱乐部社会责任[4]。此外，有学者从法学的角度对俱乐部社会责任的概念进行了界定[5]。总之，这一时期，俱乐部社会责任的概念基本以Carroll提出的"金字塔"社会责任体系模型为框架，结合国内实际对其做出的界定，尽管这些研究取得了一些初步进展，但成果总量有限，且创新性、本土化的概念探讨还不多见。

2015年，《中国足球改革发展总体方案》提出："俱乐部应当注重自身建设，遵守行业规则，积极承担社会责任，接受社会监督。"俱乐部承担社会责任首次以国家正式文件的形式呈现，引起了职业俱乐部与社会公众的强烈反响，有关俱乐部社会责任的研究主体快速扩大，研究成果迅速增加，关于俱乐部社会责任概念的探讨也逐步升温。韩炜等（2018）认为，职业体育组织社会责任是其在自身经营和决策过程中体现出来的主动承担的维护和增进利益相关者利益的一种综合责任，分为必尽之责、应尽之责和愿尽之责[6]。王峰等（2020）将利益相关者理论与企业社会责任"三重底线"理论相结合，

---

[1] 冯维胜. 推进我国职业体育俱乐部的社会责任建设 [J]. 广州体育学院学报, 2010, 30 (1): 23-28.
[2] 黄健, 刘铮, 郝凤霞. 和谐社会背景下我国职业体育俱乐部社会责任探究 [J]. 成都体育学院学报, 2012, 38 (6): 41-43.
[3] 张森. 我国职业体育俱乐部社会责任理论与实践研究 [J]. 体育科学, 2013, 33 (8): 14-20.
[4] 杜丛新, 谭江波. 职业体育组织社会责任理论体系研究 [J]. 首都体育学院学报, 2013, 25 (2): 117-120.
[5] 周爱光, 闫成栋. 职业体育俱乐部社会责任的特征与内容 [J]. 北京体育大学学报, 2012, 35 (10): 6-9.
[6] 韩炜, 荣思军. 职业体育组织社会责任：概念、特点与承载内容 [J]. 山东体育学院学报, 2018, 34 (4): 12-17.

提出我国职业体育俱乐部社会责任由股东责任、责任管理、消费者责任、运动员和员工责任、合作伙伴责任、环境责任构成[1]。张宁（2020）基于社会责任与治理融合视角，认为我国职业篮球俱乐部应该承担经济责任、社区责任、球员责任与球迷责任，而非仅仅履行慈善责任[2]。对此，乔泽波（2020）提出了不同的见解，将职业篮球俱乐部社会责任定义为俱乐部迫于外部压力，或出于俱乐部效益，或为了回馈社会而对各个利益相关者所履行的义务[3]。王炳洁等（2021）以 Carroll 的"金字塔"社会责任体系模型为基础，提出俱乐部社会责任是指一定时期内社会公众对俱乐部的法律责任、经济责任、道德责任、慈善责任等方面期望的总和[4]，此定义基本与杜丛新等的研究相似。

虽然在俱乐部社会责任概念方面的研究进入了新阶段，但目前大多数仍是在国外企业社会责任理论模型的基础上提出的，与本土化的实际需求有着较大差距。尤其在履责实践层面，俱乐部管理者、运动员、教练员等对社会责任的理解大多是慈善捐赠、紧急救助、遵纪守法等方面，很少有从俱乐部与社会的关系出发理解和阐释俱乐部社会责任。

（二）国内外对俱乐部社会责任定义的维度分析

在国内外对俱乐部社会责任概念的定义中，存在共识但也有争议分歧。尽管如此，通过分析已有的定义或理解发现，学界大致从三个维度界定了俱乐部社会责任的概念，即内容维度（履什么责）、对象维度（为谁履责）及方式维度（如何履责）。进一步分析，从内容维度界定俱乐部社会责任概念的研究最多，相应地在认识上的分歧也多一些。

---

[1] 王峰，温阳."四位一体"理论下我国职业体育俱乐部社会责任竞争力研究［J］.天津体育学院学报，2020，35（5）：513-518.

[2] 张宁.我国职业篮球治理逻辑框架——基于社会责任与治理融合的视角［J］.体育学刊，2020，27（6）：57-62.

[3] 乔泽波.职业篮球俱乐部社会责任评价的理论与实证研究［D］.上海：上海体育学院，2020.

[4] 王炳洁，王莉.中国足球协会超级联赛俱乐部社会责任评价指标体系构建［J］.首都体育学院学报，2021，33（3）：308-314.

第一章　职业体育俱乐部社会责任的概念及特征分析

1. 从内容维度定义的分歧

俱乐部应该履行哪些社会责任是国内外界定俱乐部社会责任概念的焦点，很多定义包含了履责内容的表述，但目前还存在以下几点分歧：

①法律责任和经济责任是否在俱乐部社会责任范畴。这一点在国内外的争议和分歧较为明显。狭义的社会责任观认为，法律责任和经济责任不应该囊括在俱乐部社会责任的内容之内，因为俱乐部对经济责任、法律责任的承担是不言而喻的，是每个俱乐部都必须遵循的。俱乐部社会责任特指一系列超出经济利益和法律要求之外的，其他增进社会利益的道德（伦理）责任和慈善责任，强调俱乐部社会责任承担的自觉性而非强迫性。广义的社会责任观认为，应从俱乐部与社会之间的互动关系加以把握和理解俱乐部社会责任，经济责任和法律责任只是俱乐部在社会中合法存在与持续发展的最基本的责任，如果脱离这一点，伦理、慈善等其他俱乐部社会责任将失去立足的根基。

②自然客体是否应纳入俱乐部利益相关者的范畴。从国内外对俱乐部社会责任概念的界定来看，该分歧来源于学界对利益相关者理解的狭义和广义之分。伴随全球经济社会的持续发展，俱乐部发展涉及越来越多的利益相关主体。狭义的利益相关者是指人类社会主体，包括股东、教练员、运动员、管理者、竞争对手、消费者和球迷、赞助商、媒体、政府、债权人、体育协会、社区以及作为整体的社会和人民群众等所有影响俱乐部经营管理或受俱乐部经营管理影响的利益主体。而广义的利益相关者则不仅仅指上述的人类社会主体，还包括自然环境、能源矿藏、生物物种等所有受俱乐部经营和管理影响的自然客体。目前，支持从广义视角理解俱乐部利益相关者的研究相对更多。

③Carroll"金字塔"体系模型是否能涵盖俱乐部社会责任的内容范畴，对此有两种观点。一种观点是直接应用 Carroll 企业社会责任"金字塔"模型，认为俱乐部是企业的一种，也应承担法律责任、经济责任、伦理责任和慈善责任，只不过一般企业和俱乐部在具体实施的社会责任活动上有所差异，但都在这个内容范畴内。另一种观点是以 Carroll"金字塔"体系模型为基础，

提出俱乐部除应承担法律责任、经济责任等四大责任外，文化责任、公平竞争责任、环境保护责任等也是其应承担的责任。强调俱乐部具有自身特殊性，一般企业社会责任模型难以涵盖俱乐部社会责任内容，但具体内容并未达成一致意见。

④生态环境是否应该纳入社会的范畴。俱乐部社会责任是俱乐部对社会承担的责任，但目前的概念界定中对"社会"一词的使用也存在狭义和广义之分，由此对俱乐部社会责任产生了不同的理解。狭义的社会观认为它专指与自然环境相并列的人类社会。广义的社会观则认为它既包含人类社会，也包含自然环境。这个认识分歧直接导致了对俱乐部社会责任承担内容的差异化理解。

2. 从对象维度定义的分歧

根据履责对象界定俱乐部社会责任概念的研究也相对较多，但对此国内外学界也没有形成一致意见。

①定义中是否应包含俱乐部的履责对象。从利益相关者理论角度看，俱乐部所担负的责任是其对其利益相关者承担的责任。然而，在对俱乐部社会责任的概念进行界定时，有些学者直接将利益相关者理论引入了定义，而有些定义却并未涉及俱乐部的履责对象。

②履责对象的分类标准不一致。有些定义将俱乐部所有利益相关者纳入了俱乐部履责对象的范畴，认为股东、运动员、媒体、体育协会、消费者、赞助商等都是其利益相关者。如王峰等（2020）将利益相关者理论与企业社会责任"三重底线"理论相结合，提出我国职业体育俱乐部社会责任由股东责任、责任管理、消费者责任、运动员和员工责任、合作伙伴责任、环境责任构成[1]。另有些定义将履责对象和履责内容混合，把二者设成并列关系。如 Sheth 等（2010）认为，战略责任、社区责任、领导责任、慈善责任、合作伙伴责任、法律责任、伦理责任和利益相关者责任八个方面构成了职业俱乐

---

[1] 王峰，温阳. "四位一体"理论下我国职业体育俱乐部社会责任竞争力研究［J］. 天津体育学院学报，2020，35（5）：513-518.

部社会责任[1]。显然，此定义中的利益相关者责任不但与社区责任、合作伙伴责任有重合，而且与伦理责任、慈善责任、法律责任并不在同一逻辑维度上。

3. 从方式维度定义的分歧

履责方式是国内外对俱乐部社会责任进行概念界定的重要维度，但在界定中有着不同的侧重和偏向，主要有以下几点：

①凸显俱乐部社会责任承担的自觉性和自愿性。这类定义强调俱乐部自觉、自愿承担社会责任或义务，强制性担负的责任不属于俱乐部社会责任的范畴。如 Babiak 等（2006）主张社会责任是自愿性的责任，提出职业体育组织应履行符合社会期望的或超过社会期望的伦理责任和慈善责任，而非强制性的法律责任和经济责任[2]。Breitbarth（2011）提出欧洲职业足球俱乐部主要围绕道德和社会整合两方面自愿地开展社会责任活动[3]。这类定义对俱乐部社会责任的理解是对狭义社会责任观主张的有力回应。

②强调俱乐部承担社会责任的行为特征。这类概念是通过阐述俱乐部的何种行为是对社会负责任的行为进行界定的。如 Hamil 等（2011）对苏超联赛俱乐部社会责任进行探究，认为俱乐部社会责任是指其在维护自身利益的基础上，为响应更广泛的社会议题，加强与利益相关者关系的多重动机的行为[4]。苏贵斌（2007）提出，职业足球俱乐部应履行对利益相关主体与其行为相对应的社会责任[5]。

③侧重俱乐部履行社会责任的过程和影响。这类概念是通过阐述俱乐部

---

[1] Sheth H, Babiak K. Beyond the game: perceptions and practices of corporate social responsibility in the professional sport industry [J]. Journal of Business Ethics, 2010, 91: 433-450.

[2] Babiak K, Wolfe R. More than just a game? corporate social responsibility and Super Bowl XL [J]. Sport Marketing Quarterly, 2006, 15 (4): 214-222.

[3] Breitbarth T, Hovemann G, Walzel S. Scoring strategy goals: measuring corporate social responsibility in professional European football [J]. Thunderbird International Business Review, 2011, 53 (6): 721-737.

[4] Hamil S, Morrow S. Corporate social responsibility in the Scottish Premier League: context and motivation [J]. European Sport Management Quarterly, 2011, 11 (2): 143-170.

[5] 苏贵斌. 职业足球俱乐部职业道德建设构想：一个利益相关者的视角 [J]. 广州体育学院学报, 2007, 27 (5): 91-93.

以什么样的过程才能确保责任落到实处或俱乐部履行社会责任会产生哪些影响进行界定的。Sheth 等（2010）通过调研发现，职业俱乐部以社区为导向，通过协作和战略的方式承担其道德、慈善、法律等社会责任[1]。Richard 等（2016）认为，美国 NBA、NFL 和 MLB 俱乐部积极履行社会责任不仅能提高球员的感知能力，还能帮助俱乐部改善自身声誉和公众形象[2]。韩炜等（2018）认为，职业体育组织社会责任是指其在实现自身利益的经营及决策过程中，主动承载的维护和增进其他利益相关者利益的一种综合责任[3]。

三、职业体育俱乐部社会责任概念的重新界定与阐释

纵观国内外对俱乐部社会责任概念的界定，仍处于"俱乐部社会责任概念丛林"之中且没有形成相对统一的定义。对俱乐部社会责任概念的模糊和理解分歧阻碍了俱乐部社会责任理论与实践的持续发展，亟须对其进行深入、清晰的界定和阐释。

（一）俱乐部社会责任概念的重新界定

通过梳理国内外关于俱乐部社会责任概念的定义及归纳分析存在的分歧发现，科学界定俱乐部社会责任的关键在于找出与同领域其他有关概念的本质差异。精准把握履行责任角度的特殊性是重塑俱乐部社会责任概念的基础。本研究认为，首先，需要明确俱乐部与社会之间的关系，即俱乐部存在于社会之中，都是社会的俱乐部。俱乐部的运营以一定的社会环境为依托，以强烈的社会需求为出发点，以广大消费者的支持为基础。俱乐部的经济和社会的双重属性，决定了其不单是营利主体的"经济人"，还应当成为"社会

---

[1] Sheth H, Babiak K. Beyond the game: perceptions and practices of corporate social responsibility in the professional sport industry [J]. Journal of Business Ethics, 2010, 91: 433-450.

[2] Richard A, Mcgowan S J, Johnf M. Corporate social responsibility in professional sports: an analysis of the NBA, NFL, and MLB [J]. The Marco Polo Forum, 2016: 1-22.

[3] 韩炜，荣思军．职业体育组织社会责任：概念、特点与承载内容 [J]．山东体育学院学报，2018，34（4）：12-17．

人",进而实现双重角色的有机统一。由是观之,俱乐部社会责任是从俱乐部履行社会责任的视角对俱乐部与社会之间关系的刻画描绘。其次,明确俱乐部社会责任理论研究的内在逻辑。追求经济利益最大化是俱乐部作为"经济人"的本质属性。经济利益是俱乐部承担社会责任的物质保障,但绝非传统意义上的只对股东利润最大化负责。理解俱乐部社会责任不能将其经济属性和社会属性对立起来,它们不是"非此即彼"的关系,而应互融、互补,将其共同纳入俱乐部社会责任内容框架。同时,遵守法律、依法经营是俱乐部履行社会责任的内在要求,这是俱乐部在社会生存与发展的基本前提。由此,对俱乐部社会责任概念的界定,应采用广义的俱乐部社会责任观,将经济责任和法律责任作为俱乐部最基本的社会责任,有利于促进俱乐部社会责任理论持续发展。最后,对俱乐部社会责任实践推进有明确指导。通过对俱乐部社会责任概念内涵和外延的解读,能够使俱乐部清楚了解其应该履行哪些社会责任、为何履行社会责任以及怎样履行社会责任。只有这样才能更好地推动俱乐部社会责任理论与实践的持续深入和发展。

根据上述的归纳分析,本研究重塑了俱乐部社会责任的概念。俱乐部社会责任是指俱乐部为实现自身与社会的健康、和谐发展,在依法经营、创造利润及有效管理其对利益相关者的影响过程中,所应承担的与特定时代环境相适应的寻求经济和社会综合价值最大化的责任。

(二)俱乐部社会责任概念的全面阐释

任何概念都有内涵和外延(适用范围)。关于俱乐部社会责任概念的内涵,主要包括以下几点:第一,协调推进俱乐部与社会的健康、持续发展是其履行社会责任的主要目的。对俱乐部而言,这是发展方式的重大转变,要求俱乐部立足自身和社会的关系,审视自身在国家经济社会发展中的责任和使命,促使俱乐部将利益相关者作为其重要的资源进行管理维护,寻求共同利益,建立合作机制,保障俱乐部与利益相关者的协调可持续发展。第二,俱乐部只有遵守法律法规,切实做到依法经营,才能保证自身在社会中的合法性地位。从俱乐部与社会的关系看，俱乐部对社会的最直接的贡献是俱乐部所提供的竞赛表演产品和服务，这也是俱乐部最基本的使命。作为竞赛表演产品的生产者，俱乐部在提供表演服务过程中必须遵守相应的法律法规，否则难以在社会立足。同时，俱乐部在生产竞赛表演产品的过程中所涉及的利益相关者关系是俱乐部实现协调可持续发展最基本的社会关系，对利益相关者负责也要求俱乐部自觉遵守法律法规、制度规范。第三，经济和社会综合价值最大化意味着俱乐部发展不仅要为股东创造价值，寻求利润最大化，还要努力为教练员、运动员、普通管理者及消费者、球迷、媒体、体育协会、所在社区等利益相关主体创造价值；意味着俱乐部在着眼短期经济绩效的同时，也要周密考虑自身经营和管理对利益相关者的长远影响，寻求具有长期效应的社会绩效。第四，在不同时代背景和社会环境下，俱乐部将承担不同的社会责任，即俱乐部履行社会责任是与特定时代环境相契合的。

随着国家经济社会的持续发展，俱乐部社会责任也随之变化。俱乐部社会责任概念的外延主要表现在以下两方面：一是俱乐部社会责任中的"社会"可理解为广义的"社会"，即利益相关者和自然环境。因此，从履责对象看，对股东的责任、运动员的责任、教练员的责任、媒体的责任、消费者（观众）的责任、社区的责任及环境的责任等是俱乐部社会责任的内容。二是依法经营、创造利润分别是俱乐部在社会生存与发展的前提和基础。法律责任是前提，俱乐部作为社会主体必须受到法律的强制约束，只有在法律框架下的经营才能得到社会的广泛认同；经济责任是基础，俱乐部是营利组织，不能持续创造利润，就失去了生存与发展的可能。在市场经济条件下，俱乐部是否愿意为社会作出更多的贡献，既是他们自由选择的权利，也是其实现自身价值的重要体现。

第二节　职业体育俱乐部社会责任的认识误区与澄清

为了更加充分地理解俱乐部社会责任概念的内涵，有必要澄清俱乐部社会责任在认识和理解上的一些误区，只有纠正对俱乐部社会责任的片面认识，才能更好地把握新时代俱乐部社会责任的内涵，进而推动俱乐部社会责任理论与实践的发展。

一、俱乐部社会责任等同于俱乐部公益慈善捐赠

实践中，俱乐部社会责任与俱乐部公益慈善是等同的，这是对俱乐部社会责任的典型片面认识之一。人们往往认为，俱乐部开展公益活动和慈善捐助就是很好地承担了社会责任。不可否认，俱乐部的公益活动和慈善捐助确实是其承担社会责任的重要表现，但不应简单地将二者等同起来，这只是职业俱乐部履责内容的一部分。俱乐部社会责任概念具有丰富的内涵，而将其与俱乐部公益慈善等同，实际陷入了以管窥天的认识误区。仔细考究起来，两者差异较大，具有不同的概念内涵。第一，两者的产生时间相去甚远。相比俱乐部社会责任，俱乐部公益慈善产生的时间更早。自俱乐部制度诞生后，俱乐部的慈善捐赠和公益行为随之而来。从国外研究来看，国外俱乐部热衷于慈善捐赠活动，且大多建立了慈善基金会，向社区和重点领域捐赠[1]。由此，公益和慈善捐赠活动开展随着俱乐部的产生而产生，并随之不断发展，而俱乐部社会责任这一概念则是进入21世纪后才得以确立并不断发展的，明显晚于俱乐部慈善捐赠和公益活动。第二，两者的涵盖范围差异较大。俱乐部慈善捐赠和公益行为具有较强的指向性，主要对除俱乐部以外的有关主体实施捐助，如俱乐部捐款、捐赠物资，向遭受地震、洪涝、冰冻等自然灾害的地区以及贫困地区捐助等，义务的范围均是俱乐部以外的个体或群体。相比之下，俱乐部社会责任的对象更为广泛，不仅包含受灾地区、贫困地区、弱势群体的慈善救助和志愿服务，还包括运动员、教练员、消费者（观众）、社区、体育协会等内外部利益相关者。显然，二者针对的对象范围具有显著

---

[1] Extejt M M. Philanthropy and professional sport teams [J]. International Journal of Sport Management, 2004, 5 (3): 215-228.

的差异。第三，两者的外部约束力度不同。开展公益和慈善捐赠活动是俱乐部的自愿行为，Carroll 将其归属为最高层次的慈善责任，是俱乐部的一种高尚行为。如果俱乐部不能积极参与公益和慈善捐赠活动，可能会受到社会的道德谴责，影响俱乐部的社会声誉和品牌塑造，但不会受到法律的强制约束。而俱乐部社会责任因涉及内外部利益相关主体较多，不仅受社会道德规范等非正式制度的软束缚，还受到《劳动法》《体育法》《环境保护法》《劳动合同法》等法律和制度的强制约束。例如，2018 年青岛某篮球俱乐部与球员违规签订了"阴阳合同"，双方都受到了严厉处罚，其中俱乐部被巨额罚款，球员则被禁赛一个赛季。

二、俱乐部社会责任与俱乐部自身发展阶段无关

任何事物都将经历从产生、发展到衰落的不同阶段，俱乐部也不例外。部分俱乐部或公众认为，社会责任是俱乐部发展到一定程度的必然产物。换言之，俱乐部只有发展到一定的规模和水平才需承担社会责任，刚产生或没有形成一定规模的微小俱乐部不需要履行社会责任，这种观点实际是对俱乐部社会责任概念内涵的片面理解。客观来讲，俱乐部是否承担社会责任与其自身规模和能力大小并无关系。前文已述，俱乐部作为社会系统的成员之一，其生存与发展离不开社会，相应地俱乐部就应当对社会负责任，这是毫无争议的。俱乐部履行社会责任应是其经营管理的重要组成部分，无论俱乐部处于什么样的发展阶段或处于怎样的社会环境，都应履行社会责任，即不欠薪、不违法经营也都是履行社会责任。因此，俱乐部的不同发展阶段并非俱乐部是否承担社会责任的决定因素，而只是影响其承担社会责任具体内容和表现特征的重要因素，二者不能混淆，否则将在误区中越陷越深。俱乐部与社会的紧密联系实际从其诞生之日就已建立，承担与其行为相适应的社会责任实属应然。对于是否承担社会责任不应由俱乐部的发展阶段决定，即使规模非常小或新创建的俱乐部也应承担社会责任。然而，俱乐部自身规模和经济实

力存在差异,由此对其履行社会责任的具体要求也应有所不同,要求顶级俱乐部与小型俱乐部承担相同的社会责任是不切合实际的。实践中不应对所有俱乐部实施"一刀切"的履责要求,而应采取履责差异化原则,使俱乐部履行的社会责任与其实际规模和自身能力相匹配,推动不同俱乐部更好地履行社会责任。总之,无论何种俱乐部、所处何种阶段,坚持实施"共同但有区别的社会责任",将有利于调动不同俱乐部社会责任承担的积极性,从而提升社会责任整体履行水平。

三、俱乐部社会责任是一种静态不变的责任

俱乐部社会责任范畴的历史性和具体性决定了其范围的包容性和开放性。俱乐部社会责任并非一个封闭的体系,而是随着其赖以生存与发展的社会环境的变化而变化,同时也随着俱乐部与社会之间关系的动态发展而不断变化。从某种意义上讲,俱乐部社会责任就是特定时期社会对俱乐部的特定期望。而社会的需求或社会对俱乐部的期望在不同的历史发展时期具有不同的表现,俱乐部在适应社会需求或社会对其期望的变化过程中,所承载的社会责任也将随之变化。我国俱乐部社会责任实践的动态演进过程即这种变化最好的展现[1]。20 世纪 90 年代我国体育职业化的初期,俱乐部与社会的边界不清晰,仍未摆脱"小社会"的浓厚色彩,俱乐部过度承载"企业办社会"的职能,政府的部分职责转嫁给了俱乐部。随着我国经济社会不断发展及体育职业化改革不断深入,我国由"单位社会"向"后单位社会"转变,俱乐部脱嵌于社会之外而内含于市场社会之中,其经济属性被过分强化,导致利润最大化成为俱乐部的唯一目标,而原来的非经济目标则被完全抛弃,表现出"唯赚钱论"的社会责任观。2010 年后,俱乐部与社会之间除了嵌入关系外,还与社会形成了相互作用或影响的关系,大部分俱乐部改变了原来以自我为中心

---

[1] 杨献南. 我国职业体育俱乐部社会责任研究:演进·问题·路径 [J]. 山东体育学院学报, 2020, 36 (6):8-15.

的机械化倾向和突出经济组织属性的立场，积极回应利益相关者的期望和社会公众的重大关切，承担了多样化的社会责任。随着中国特色社会主义进入新时代，俱乐部与社会之间的关系超越了"内嵌"与"影响"的关系，形成了一种互动更为常态、共演更为高级、发展更为协同的共生关系。俱乐部把注意力转移至其社会责任的多元化、个性化和中国化，并重视结合国情及自身实际情况进行社会责任实践内容与实践方式创新。由上观之，我国经济社会发展环境及俱乐部与社会之间关系的变化，随之引发俱乐部履责内容与实现方式的变化。

第三节 职业体育俱乐部社会责任的特征分析

概括新时代中国职业体育俱乐部社会责任的特征，有利于我们更深刻地理解职业俱乐部社会责任的丰富内涵，进而推动俱乐部社会责任实践发展。对于当前我国职业体育俱乐部社会责任发展处于何种阶段、社会责任的构成要素有何特殊性、如何展现与西方国家不同的社会责任承担的中国方案等问题，需要进一步对职业体育俱乐部社会责任的主要特征进行归纳才能回答。

一、俱乐部社会责任承担对象的多元性

对俱乐部社会责任承担对象的分析，实际是回答俱乐部"对谁"承担社会责任的问题。而前文在对俱乐部社会责任的概念梳理中，也多次涉及这个问题。从20世纪60年代开始，利益相关者理论在英、美等国家迅速发展起来，应用领域也逐步扩展。与企业发展密切相关的利益相关主体的范围逐步明确，不仅要为股东负责，还应保护企业的其他利益相关主体的利益。在此背景下，企业社会责任研究中引入了利益相关者理论，不仅原来企业社会责任概念中的"社会"被企业的利益相关主体所替代，还通过这个方法确定了企业社会责任承担对象的范围，从而推动了企业社会责任实践发展。

从利益相关者理论视角分析俱乐部社会责任承担对象的研究较多，Babiak

等（2009）对俱乐部社会责任有新的认识，基于利益相关者理论提出，劳工关系、公益慈善、种族融合与平等、社区关系、环境保护与管理及公司治理是职业体育俱乐部社会责任的六大维度[1]。杜丛新等（2013）提出，职业体育组织社会责任的对象为职业体育的利益相关者，包括内部和外部利益相关者，其中股东、球员、教练员和员工是内部利益相关者，球迷和观众、社区、所在城市、赞助商、媒体、政府等是外部利益相关者，职业体育组织须对这些利益相关者承担责任[2]。王峰等（2020）将利益相关者理论与企业社会责任"三重底线"理论相结合，提出我国职业体育俱乐部社会责任由股东责任、责任管理、消费者责任、运动员和员工责任、合作伙伴责任、环境责任构成[3]。从以上观点来看，虽然对俱乐部社会责任承担对象的认识有差异，但都是围绕俱乐部利益相关者展开论述的。整体来看，杜丛新等提出的俱乐部社会责任承担对象，更能全面反映我国职业体育俱乐部社会责任承担对象的范围。

然而，随着我国经济和社会的不断发展，俱乐部社会责任承担对象的范围也在逐步发生变化，并有持续扩大的趋势。俱乐部为社会提供产品和表演服务，满足球迷和消费者物质与精神需求，在获得社会肯定的同时，社会公众也对俱乐部提出了更高的要求和期望，由此，俱乐部社会责任的外延也在不断拓宽。单纯依靠列举社会责任承担对象，既不能展现我国职业体育俱乐部社会责任承担的特殊性，亦不能穷尽我国职业体育俱乐部社会责任的承担对象，而只能在一定程度上作为我国职业体育俱乐部社会责任履行内容的重要参考。事实上，无论是概括还是列举，从承担对象审视俱乐部社会责任的承担内容，都不可避免地存在不周延、不全面的情况，无法反映俱乐部社会

---

[1] Babiak K, Wolfe R. Determinants of corporate social responsibility in professional sport: internal and external factors [J]. Journal of Sport Management, 2009, 23 (6): 717-742.
[2] 杜丛新，谭江波. 职业体育组织社会责任理论体系研究 [J]. 首都体育学院学报, 2013, 25 (2): 117-120.
[3] 王峰，温阳. "四位一体"理论下我国职业体育俱乐部社会责任竞争力研究 [J]. 天津体育学院学报, 2020, 35 (5): 513-518.

责任承担对象的多元化和广泛性。因此，亟须寻找一种更为全面反映我国职业俱乐部履责特点的划分方式，才能更好地覆盖职业俱乐部社会责任的承担对象，进而促进其社会责任实践发展。

二、俱乐部社会责任涵盖内容的开放性

前文已述，我国职业俱乐部社会责任承担对象的多元化和广泛性，使得难以穷尽俱乐部的履责对象。这种观点不仅展现了俱乐部履责对象的特征，还从侧面反映出职业俱乐部社会责任承担的内容。例如，有研究根据履责对象对俱乐部社会责任进行了分类，包括对股东的责任、对运动员的责任、对教练员的责任、对员工的责任、对球迷和观众的责任、对赞助商的责任、对媒体的责任、对社区和城市的责任及对政府的责任等[1]。从这个意义上讲，既然职业俱乐部履责对象不能全部列举，那么以此为基础所提出的职业俱乐部社会责任承担内容自然也不能全部涵盖。从履责对象观察职业俱乐部社会责任涵盖的内容，虽能从侧面反映我国职业俱乐部社会责任承担的范围，但不能清晰地反映我国职业体育俱乐部社会责任的时代性、中国性的特定内容，表现出一定的不周延性，且不能反映我国与西方俱乐部社会责任承担领域和关注范围的差异。深究起来，一方面，简单地列举承担对象，无法揭示职业俱乐部社会责任丰富的开放性与包容性内涵，容易产生对社会责任履行内容理解的片面性，同时也会因新的社会责任承担主体和内容的出现而失去逻辑立足点。另一方面，按履责对象的标准构建职业俱乐部社会责任内容体系，虽有助于了解涉及的具体领域和不同利益主体，但各个利益主体之间缺乏逻辑联系，导致在此基础上组合而成的职业体育俱乐部社会责任内容体系成为一盘散沙，而无法回应社会实践的要求。

由此，只有立足俱乐部赖以生存与发展的具体社会环境构建的俱乐部社

---

[1] 杜丛新，谭江波．职业体育组织社会责任理论体系研究［J］．首都体育学院学报，2013，25（2）：117-120．

会责任体系才具有旺盛的生命力和适应力，才能被俱乐部所接受和认同，才能推动俱乐部更加积极自觉地承担社会责任。中国特色社会主义进入了新时代，在此背景下，必须立足新时代中国的现实国情、社情和民情，高度关注当代中国职业体育俱乐部社会责任实践，使俱乐部真正融入社会发展中，并在具体的社会情境中发掘俱乐部社会责任的内在特点，构建具有中国特色的职业俱乐部社会责任内容体系。从这个角度看，俱乐部社会责任涵盖的内容并非一成不变的，而是随着经济社会环境的变化而变化，呈现开放性特征。

三、俱乐部社会责任履行主体的层次性

任何企业都是社会的企业，企业社会责任在任何时候都无法超越其赖以生存的政治、经济、文化和社会环境，职业体育俱乐部也不例外。不同国家、不同社会发展阶段、不同经济条件，甚至不同规模和性质的职业俱乐部，所履行的社会责任都有很大的差异。20世纪90年代初期，我国开始探索体育职业化改革道路，职业体育俱乐部也随之诞生并不断深化改革。国内最早的职业俱乐部大都是由专业队转型而来的，其性质也多属于事业单位或国有企业，而随着我国社会主义经济体制的不断转型，政企分离，民营企业得到迅速发展，越来越多的民营企业融入职业体育的发展潮流中，投资职业体育俱乐部建设，形成了多种性质、类型的职业体育俱乐部。从性质上看，分为国有俱乐部、私营俱乐部及混合俱乐部，而从规模上看，又可分为超大型豪门俱乐部、大型俱乐部、中型俱乐部和小型俱乐部。无论从性质还是规模上看，职业俱乐部承担社会责任都是存在差异的，表现出履责主体的层次性。如一个顶级俱乐部和一个小型俱乐部，对社会产生的影响有很大差异，承担的社会责任理应有所不同。

一般情况下，俱乐部规模的不同往往决定其履行社会责任的能力不同。对小型俱乐部来说，能够承担其社会经济责任，遵守法律条例规定，提供就业岗位，满足股东、运动员、教练员等内部利益相关主体的利益需求就已经

承担了基本的社会责任。倘若要求这类俱乐部承担捐赠等慈善责任，可能超出了其承担能力，不利于俱乐部的生存和健康持续发展。随着俱乐部规模的扩大，其履行社会责任的能力也逐步增强。对中型俱乐部来说，除了承担基本的社会经济责任外，还应当在其能力范围内承担更多的社会政治责任、社会文化责任、社会建设责任和社会生态责任。对于大型或豪门俱乐部，其承担的社会责任在广度和深度上都应超过中小型俱乐部。当然，需要说明的是，小型俱乐部并非只承担社会经济责任而无须承担其他的社会责任，具体到底承担多大程度的社会责任关键在于俱乐部的履责能力是否与其要履行的社会责任相匹配。总之，虽然承担社会责任是所有职业俱乐部的义务，但社会责任承担能力却存在很大差异。如果实践中不能关注这种能力的差异而采用"一刀切"的方式，将对俱乐部社会责任履行产生消极影响。

四、俱乐部社会责任发展的鲜明时代性

职业体育俱乐部社会责任伴随俱乐部的产生、发展而不断发展，且并非是一个封闭、恒定的体系。俱乐部生存发展只有依靠社会、满足社会发展需求，才能融入社会大系统，形成发展共同体。随着生产力发展和科技进步，人类社会也处于不断转型与发展之中，而社会的不断转型必然带来自身需求的变化，进而对存在于社会的各类事物的诉求也随之变化。换言之，不同社会环境对依附其发展的事物的期待也具有很大的差异性。从这个意义上讲，职业俱乐部社会责任是特定时期的社会对俱乐部满足其需求的特定期望，职业俱乐部社会责任的发展表现出鲜明的时代性特征。

由此，社会自身的需求或社会对职业俱乐部的期望在不同的历史发展阶段具有不同的表现，俱乐部在满足社会的需求或社会对其期望的变化过程中，所承载的社会责任也将随之变化。中国特色社会主义进入了新时代，在新时代背景下，俱乐部社会责任与以往相比，无论是内容还是履责对象，都有了明显的变化。例如，党中央做出的"大力推进生态文明建设"的战略决策，

第一章 职业体育俱乐部社会责任的概念及特征分析

对包括职业俱乐部在内的所有企业社会责任承担提出了更高要求。企业是节约资源、保护环境的重要环节，在生态文明建设中扮演着关键的角色。在这种社会环境和时代背景下，俱乐部积极承担社会生态责任既是应有之义，也是保持自身健康持续发展的重要基础。俱乐部应积极倡导生态体育理念，强化理念宣传，恪守《城镇排水与污水处理条例》《城市市容和环境卫生管理条例》等相关法律条例中关涉环保、节能条款的底线规定，不违背生态文明建设的各项要求，加强各种节能环保设施装备投入和建设，落实节能减排行动，切实保护生态环境，这是由特定社会发展环境、特殊时代背景所决定的，因而需要承担与以往发展阶段不同的社会责任履行内容，同时将社会责任发展的时代性展现得淋漓尽致。

本章小结

俱乐部社会责任概念上的不统一和语义上的歧义，对俱乐部社会责任理论与实践的持续发展造成了阻碍。本章采用文献资料法、逻辑分析法等方法，对职业俱乐部社会责任概念进行了重塑，深入分析了其内涵和外延，在此基础上澄清了几个关于俱乐部社会责任的认识误区，最后归纳分析了俱乐部社会责任的主要特征。

对国内外关于俱乐部社会责任概念的定义进行归纳发现，界定俱乐部社会责任主要从履责内容、履责对象和履责方式三个维度展开，总体来看有共识但也有分歧。通过进一步的分析，本章重新界定了俱乐部社会责任的概念：俱乐部为实现自身与社会的健康、和谐发展，在依法经营、创造利润及有效管理其对利益相关者的影响过程中，所应承担的与特定时代环境相适应的寻求经济和社会综合价值最大化的责任。在此基础上全面阐释了俱乐部社会责任新定义的内涵和外延，并深入剖析了俱乐部社会责任等同于俱乐部公益慈善捐赠、俱乐部社会责任与其自身发展阶段无关及俱乐部社会责任是一种静态不变的责任三个认识误区并加以澄清。最后归纳出职业俱乐部社会责任的主要特征，即俱乐部社会责任承担对象的多元性、俱乐部社会责任涵盖内容的开放性、俱乐部社会责任履行主体的层次性、俱乐部社会责任发展的鲜明时代性。对职业体育俱乐部社会责任的概念重塑、认识误区的澄清及特征的归纳解析，将为进一步促进我国职业体育俱乐部社会责任理论与实践的发展提供有益的参考与借鉴。

第二章
新时代中国职业体育俱乐部社会责任的正当性基础

当前，虽然学界对职业俱乐部或职业体育组织社会责任理论进行了大量的有价值的研究和探讨，但大部分是在西方国家企业社会责任理论模型基础上展开的。由于文化和制度的不同使有关研究成果无法直接阐释我国职业俱乐部社会责任的实践状况，或对我国特定社会环境下职业俱乐部社会责任实践状况的解释力不足，亟须能够紧密结合新时代中国政治、经济、文化背景的理论支撑。在当代中国，无论学界还是业界对职业俱乐部须承担社会责任已达成共识，但是如何创建具有中国特色且被新时代中国职业俱乐部和社会大众普遍接受和承认的职业俱乐部社会责任正当性理论是一项重要任务，直接关系到今后能否有效指导我国职业俱乐部社会责任实践问题。从俱乐部与社会的关系视角看，关系契约理论与职业俱乐部社会责任具有较好的契合性，以此为分析指导框架，有利于更好地阐述新时代中国职业俱乐部社会责任的特定内涵和体系，促进职业俱乐部与社会之间的利益平衡，从而对俱乐部社会责任建设实践形成有效指导。为此，本章主要对职业俱乐部社会责任正当性的内涵、关系契约理论与职业俱乐部社会责任的契合性以及关系契约理论的重要指导作用进行论述。

第一节　职业俱乐部社会责任正当性的理论探讨与审视

目前，职业俱乐部应承担社会责任已成为主流观点，而如何借鉴合理适宜的成熟理论解释新时代中国职业俱乐部履行社会责任的因由及实践状况成为一项重要的基础性工作。由此，本研究在概括职业俱乐部社会责任正当性内涵的基础上，对已有俱乐部社会责任正当性理论进行梳理和审视，为后续俱乐部社会责任的深入研究奠定理论基础。

一、职业俱乐部社会责任正当性的理论探讨

（一）企业社会责任正当性的内涵

"正当性"一词源于西方国家，对应英文中"legitimacy"，由于中文的翻译存在差异，所以有的译为"合法性"，有的译为"正当性"[1]。作为政治学、法学、哲学等学科中较为常见的用语，目前学界对"正当性"的用法和理解并未达成一致意见。有学者提出，"正当性"主要在合规律性、合道德性和合法律性三种意义上运用，这与日常所说的"正当性"的涵义并无太大差异[2]。然而，从功能上讲，"正当性"是一个反思性、批判性的概念，对其的界定只具有相对的和暂时的意义，只能在发展中对其予以动态的理解[3]。

学界对于企业社会责任正当性的争论由来已久，可以说，自企业社会责任概念诞生就已经产生。从企业社会责任发展历程看，对于企业承担社会责任的正当性有两种观点。一种观点认为企业应尽可能促使利益最大化，其唯一的责任就是获取经济利益最大化[4]，为股东创造更多的财富。除承担对股

---

[1] 胡波."法的正当性"语义考辨[J]. 甘肃政法学院学报，2009（7）：22-27.
[2] 蒋开富. 正当性的语义学与语用学分析[J]. 广西社会科学，2005（5）：149-150.
[3] 刘杨. 正当性与合法性概念辨析[J]. 法制与社会发展，2008（3）：12-21.
[4] Friedman M. The social responsibility of business is to increase its profits [J]. The New York Times Magazine, 1970 (13): 122-126.

东的社会责任外，如果还承担其他社会责任，可能会给企业造成沉重的经济负担，有损股东利益，违背了利益最大化的企业发展理念[1]。20 世纪 70 年代后，该观点才遭到抨击并逐渐失去统治地位。另一种观点认为随着现代企业理论的持续发展以及人类文明的不断进步，企业的"利他"因素越发明显，企业发展的价值目标与理念发生转变，尤其利益相关者理论的出现更是明确了企业的"经济属性"和"社会属性"。从这个角度看，企业作为不同利益相关者的交集，在获得经济利益后，积极承担社会责任，满足利益相关者的需求，更符合现代企业发展的要求。企业社会责任正当性的研究成果较为丰硕，例如社会利益理论学说中，社会利益独立于个人利益而存在，它并非个人利益的简单相加，尤其在承担社会责任上，既不否认企业及股东自身利益的存在，也不否认企业与其他利益相关者之间利益的共存[2]。在利益相关者理论学说中，企业需要依靠利益相关者提供的社会资源实现良性运转，而企业需承担社会责任，实现与利益相关者的资源互换[3]。该理论将企业发展与其承担社会责任较好地结合起来，促使各方利益协调发展，这对于企业社会责任具有很强的现实解释力。总之，企业社会责任作为法律义务与道德义务相结合的载体，是社会对企业施加的一种社会道德规范。由此，企业社会责任应当属于"合道德性"意义上所使用的正当性[4]。

（二）俱乐部社会责任的正当性来源

阐述职业俱乐部社会责任的正当性一直是厘清职业俱乐部社会责任内容边界不可回避的前置性问题。作为一类特殊的企业，论述职业俱乐部承担社会责任的正当性既需从经济、社会等宏观维度考虑，也需从微观维度考虑职业俱乐部自身属性及其组织运营所产生的特殊问题。

---

[1] Freeman R E. Strategic management: a stakeholder approach [M]. Cambridge: Cambridge University Press, 1984: 34-36.
[2] 张乃根. 西方哲学史纲要 [M]. 北京: 中国政法大学出版社, 1993: 304-305.
[3] 任荣明, 朱晓明. 企业社会责任多视角透视 [M]. 北京: 北京大学出版社, 2009: 49-52.
[4] 崔丽. 当代中国企业社会责任研究 [D]. 长春: 吉林大学, 2013: 56-57.

1. 职业俱乐部社会责任正当性的宏观缘由——基于经济学、社会学的分析

(1) 俱乐部承担社会责任的经济学分析

以经济学角度考察职业俱乐部社会责任的正当性来源，可从经济伦理和效率两个维度展开。从伦理角度看，职业俱乐部社会责任是对市场经济的道德追问。表演服务产品的生产既需要不同俱乐部之间相互竞争、又需它们协同合作，使俱乐部的合作与社会意识逐步增强。企业公民概念的出现，标志着学界从道德层面开始了对企业的考察和拷问[1]。对俱乐部而言，倘若单纯地追求经济利益，以利润最大化为唯一目标，而缺乏必要的道德约束和规范，不仅难以实现职业俱乐部的可持续发展，更难以确保俱乐部对资源和生态环境的合理利用与保护。作为企业公民的俱乐部，不能为了最大程度地追求经济利益而任意妄为、不择手段，其在一定范围内需要受到道德规范和社会约束。

从效率角度看，职业体育俱乐部作为职业体育市场的核心主体，尤其像中国足球协会超级联赛（中超）俱乐部、中国男子篮球职业联赛（Chinese Basketball Association，CBA）俱乐部等大型俱乐部，具备承担社会责任的经济能力，同时也具有承担社会责任的内生动力。在信息化时代，俱乐部道德资源彰显其文化软实力，且具有经济属性，可转化为俱乐部新的经济资本。研究表明，积极履行社会责任是影响球迷和消费者对俱乐部产品质量感知的决定性因素之一[2]，进而影响消费者的购买意愿，促使俱乐部产生市场竞争优势。因此，在激烈的市场竞争中，树立良好的俱乐部形象和口碑对于拉动其经济增长，进一步扩大球迷和消费者群体市场具有重要作用。而俱乐部积极履行社会责任则是其树立良好形象和口碑的必经之路。有研究指出，职业俱

---

[1] 朱晓娟，李铭. 电子商务平台企业社会责任的正当性及内容分析 [J]. 社会科学研究，2020（1）：28-36.

[2] 张森，王家宏. 职业体育俱乐部的企业社会责任对消费者信任的影响研究 [J]. 北京体育大学学报，2015，38（11）：16-22.

第二章　新时代中国职业体育俱乐部社会责任的正当性基础

乐部耗费大量资源承担社会责任,主要益处在于受惠的利益相关者对俱乐部进行积极的口碑宣传[1]。由是观之,要求职业俱乐部在其能力范围内承担社会责任,具有效率上的合意性与适切性。

(2) 俱乐部承担社会责任的社会学分析

以社会学角度考察职业俱乐部社会责任的正当性来源,可从俱乐部与社会的关系及俱乐部与利益相关者的关系展开。社会作为一个有机整体,俱乐部是其构成的基本要素,二者是整体与部分的关系。习近平总书记曾指出:"任何企业都存在于社会之中,都是社会的企业"。从这句话不难理解,俱乐部的生存与发展离不开社会的服务和支持。一方面,俱乐部的生存发展需要在社会中获取运动员、教练员、管理人员等人力资本及产品生产要素和资料,同时需要政府和社会提供的水电、交通等方面的基础公共服务;政策信贷、咨询等方面的经济公共服务;警察、消防等方面的公共安全服务;教育、医疗卫生等方面的社会公共服务。而这些服务活动都将增加政府和社会的公共服务成本。另一方面,俱乐部在组织运营过程中,会出现有损社会公共利益的情况。这种损害可能是故意,甚至是恶意的,如扰乱球员转会市场秩序、参与不正当竞争、合同造假等,也可能是俱乐部正常合法经营过程中不可避免的结果,如球员损伤、合理排放废弃物、能源消耗等。无论这些行为是否正当,是否违法违规,均表现为俱乐部行为对社会利益的损害。从本质上来看,俱乐部将本应自身承担的组织运营成本转嫁给了政府和社会。总之,俱乐部在享受社会提供的服务和支持的同时,也需担负相应的社会运行产生的成本。因此,俱乐部承担社会责任是应有之义。此外,职业俱乐部利益相关者的主体差异性较大,且分布较为广泛,除了球员、教练员、债权人等直接的利益关联者,还关系到新闻媒体、赞助商、体育协会、所在社区、政府,尤其是涉及范围比较广的球迷与消费者,需要对其合法权益给予更多的关注

---

[1] 王静一. 消费者参与对体育品牌企业社会责任活动效果的影响机制研究 [J]. 体育科学, 2015, 35 (2): 24-30.

和保护，而法律尚未规制或不适合强制规制的问题，可从社会责任视角尝试解决。

2. 职业俱乐部社会责任正当性的微观缘由——基于俱乐部自身特殊性的分析

（1）俱乐部具有经济和社会双重属性

向社会提供服务是职业体育俱乐部的本质，其生产具有观赏娱乐价值的体育竞赛表演，并通过市场交换为消费者提供体育竞赛表演服务。俱乐部作为生产经营性企业，除了具有一般企业的共性外，还有区别于一般文化娱乐企业的特殊性[1]。俱乐部只有与客观世界进行物质交换以及与社会其他主体相互联系，其在体育竞赛表演生产和经营过程中的各种需要才能得到满足。因此，俱乐部是兼具经济和社会双重属性的统一体。从经济属性来看，俱乐部进行体育竞赛表演产品生产和经营等经济活动，是一个按照市场经济规律，自主经营、自负盈亏、自我约束、独立核算的盈利性经济实体。为社会提供高质量的体育竞赛表演服务以及各类实物产品，满足消费市场和人民群众的实际需求，成为俱乐部的重要使命和根本任务。而俱乐部在实现自身经济利益的过程中，始终不能脱离国家、社会所提供的物质、文化、人力等资源的支撑，与社会其他利益主体之间形成的相互联系、彼此依存的关系，使得俱乐部承担社会责任成为必然要求。作为拥有稀缺性竞技人才资源的经济体，其目标应是市场化运作与积极盈利，进而更好地服务社会发展的非经济目标。从社会属性来看，俱乐部之所以生产体育竞赛表演服务和各类有形产品，就是为了满足社会需要。虽然俱乐部生产的体育竞赛产品归属介于公共品与私人品之间的准私人产品[2]，却表现出明显的外部性和非排他性，其产品必须得到社会和消费者的认可，必须高度重视社会的需求及期望，否则俱乐部也就失去了生存与发展的根基。换言之，俱乐部只有处理好自身利益与社会利

---

[1] 张林，徐昌豹. 现代职业体育俱乐部的本质与特征 [J]. 上海体育学院学报，2001，25（3）：1-6.
[2] 谭刚，易剑东. 中国职业足球联赛的产品属性研究 [J]. 体育科学，2013，33（9）：29-35.

益之间的关系，使其与社会发展目标相一致，才能实现自身与社会价值的有机统一。

综合上述分析，经济属性明确了俱乐部应对与之存在契约关系的利益相关者担负起应有责任，而社会属性则明确了俱乐部社会服务者的角色，承担社会责任是社会公众赋予的历史使命。俱乐部经济和社会双重属性使其承担社会责任、保障社会与公众利益需求得到满足实属应然。

（2）俱乐部竞赛产品生产高度依赖竞争对手的特殊性

与一般企业不同的是，在竞赛市场中仅靠单一俱乐部不能完成竞赛产品的生产，俱乐部需要与竞争对手（其他俱乐部）联合才能生产竞赛产品。也就是说，竞赛表演产品的生产过程是俱乐部与竞争对手的联合生产过程，俱乐部之间形成了一种特殊的联营关系。这种联营生产的特点，决定了俱乐部之间竞争与合作的双重关系[1]。一方面，赢得比赛与否直接关系到俱乐部运营目标能否实现，为提升球队竞技实力，俱乐部之间围绕稀缺性竞技体育人才资源展开激烈竞争；另一方面，竞赛产品的生产需要两个以上俱乐部共同投入生产要素，进而以适宜的方式合作完成。俱乐部必须在保证公平竞争的基础上努力提高竞赛表演的观赏性，这是每个俱乐部实现健康持续发展的前提条件。如果这一前提条件没有维护和实现好，所有参赛俱乐部的整体利益将受到严重威胁。在这个过程中，一旦俱乐部主体受自身利益驱使而忽视社会道德约束，将凸显其社会责任丧失的问题，导致与之竞争合作的俱乐部主体利益受损。虽然创造经济效益是俱乐部的价值导向，但不能作为唯一价值导向，俱乐部需要平衡利益和道德约束，通过承担与之相匹配的社会责任满足社会大众对美好生活的需求。然而，实践中有些俱乐部却因自身过度逐利而造成社会责任缺失，既损害了其他俱乐部的利益，又严重阻碍了职业联赛市场的健康发展。例如，俱乐部与球员签订"阴阳合同"，引发球员转会纠

---

[1] 闫成栋，周爱光. 职业体育俱乐部的法律性质 [J]. 体育学刊，2011，18（1）：53-56.

纷，损害了俱乐部的利益，以致严重影响高质量竞赛表演产品的产出。从这个意义上讲，俱乐部竞赛产品的生产高度依赖竞争对手的特殊性，使其必须主动承担责任，要对竞争对手高度负责，否则将"一损俱损"。

二、职业俱乐部社会责任正当性的理论审视

从企业社会责任角度看，早期学者们的主要讨论焦点集中于企业是否应该承担社会责任的问题上，多数学者主张企业的唯一目的就是赚钱，实现利润最大化是终极目标，做到了这一点，就是对社会最大的贡献。然而，随着企业社会责任理论与实践的不断发展，学者们将目光转向了企业作为"社会人"的一面，认为否定企业社会责任正当性实质割裂了企业的经济属性与社会属性，是缺乏社会性思考的片面观点。企业社会责任的正当性也由此逐渐得到普遍认可。对于俱乐部社会责任的探讨相对比较晚，实际上俱乐部承担社会责任的观点，无论是在学界还是业界，已经被普遍接受和认同。而在此基础上，对俱乐部社会责任正当性的讨论焦点更多集中于俱乐部社会责任的理论，即基于何种理论阐释俱乐部社会责任正当性更具说服力和公信力。通过对前人研究的梳理和归纳发现，当前利益相关者理论、企业公民理论运用得比较多，分别从不同视角为俱乐部承担社会责任的正当性提供了理论支撑。虽然两种理论具有各自优势，却都无法很好地回应新时代中国职业俱乐部社会责任承担的状态和要求。由此，在分析解决俱乐部社会责任问题时，必然面临"水土不服"的窘境在说服力和公信力上可见一斑。

（一）利益相关者理论的审视

利益相关者理论从提出、发展到成熟，经历了一个漫长的发展过程。利益相关者理论的雏形始于多德（Dodd，1932），但在30多年后利益相关者理论才成为一个较为明确的理论概念，是由斯坦福研究机构（Stanford Research Institute）在1963年提出并命名的。这一概念一经提出，迅速引起了管理学、社会学和法学等学界的强烈反应和讨论。自此，利益相关者理论进入了逐步

第二章 新时代中国职业体育俱乐部社会责任的正当性基础

优化和完善的发展阶段。1984年弗里曼（Freeman）出版了《战略管理——一个利益相关者方法》，率先将利益相关者方法运用于战略管理研究，侧重于从相关主体对企业发展影响的角度界定利益相关者理论。之后，布莱尔（Blair, 1995）、克拉克森（Clarksen, 1995）、卡罗尔（Carroll, 1996）以及威勒（Wheeler, 1998）等学者对利益相关者理论进行了完善，进一步推动了利益相关者理论的发展。利益相关者理论认为，企业组织与管理运营不能单纯以股东利益最大化为出发点，也必须考虑消费者、员工、债权人等利益相关者的利益，否则企业难以生存与发展。20世纪末，学界的研究出现了将利益相关者理论与企业社会责任研究全面结合和彼此渗透的发展趋势[1]，进一步为企业社会责任的履行提供了较好的理论支撑，深刻诠释了企业为何需要承担社会责任。从某种意义上讲，利益相关者理论将企业发展与其社会责任承担较好地融合到一起，实现了社会各方利益主体的协调发展。在利益相关者理论视角下，体育学界对职业俱乐部社会责任做了大量的探讨和分析，这在一定程度上推动了我国职业俱乐部社会责任理论与实践发展。

但是，我们在看到利益相关者理论优点的同时，也需明晰其无法克服的劣势或弊端。一方面，关于俱乐部利益相关者的界定并没有明确的界限，以致俱乐部的履责对象过于宽泛，究竟其利益相关者的范围有多大仍需进一步考量。另一方面，对职业俱乐部发展的现实情况以及成长周期缺乏关注，大型俱乐部与小型俱乐部的利益相关主体存在一定差异。虽然利益相关者理论为俱乐部社会责任提供了很好的研究视角，但却没有充分考虑我国职业体育俱乐部发展不平衡的情况，由此，以其阐释俱乐部社会责任的正当性缺乏一定的说服力。此外，在俱乐部各方利益主体出现矛盾或冲突时，很难兼顾或者均衡不同利益相关者的利益，此种情形下，需要考虑俱乐部对各方利益相关者履行责任的次序，否则将会为俱乐部过度逐利、逃避履责埋下隐患。

---

[1] 沈艺峰，沈洪涛. 论公司社会责任与相关利益者理论的全面结合趋势 [J]. 中国经济问题，2003 (2)：51-60.

(二) 企业公民理论的审视

"企业公民"的概念在20世纪50年代末就已提出，虽然学界至今还没有统一的界定，但这一概念随着全球企业公民运动的普及而日益受到重视，并得到广泛传播。企业公民理论认为，企业是社会的一部分，企业与个体公民一样，既拥有公民的权利，也要承担社会责任[1]。可以看出，该理论着重强调企业也有类似于人的"公民"身份，同样社会也必然要求企业承担类似于公民的责任。2004年，世界经济论坛概括了企业公民的内涵，主要有四个方面：一是对公司治理的责任，包括透明合规的管理体系、反腐败、公平竞争等；二是对员工的责任，包括薪酬公平、员工安全等；三是对环境的责任，包括新能源使用、维护环境、应对气候变化、保护生物多样性等；四是对社会发展的责任，即企业对社会福利的贡献度[2]。由此，我们可以认为，作为支撑企业社会责任理论基础的"企业公民"，既要以"经济人"的身份追求利润最大化而承担经济责任，又要以"社会人"的身份得到政府认可而承担法律责任，还要以"道德人"的身份赢得社会的尊重和支持而承担道德责任和慈善责任。对于职业俱乐部而言，亦是如此。俱乐部同时扮演着经济人、社会人和道德人三重角色，部分学者从这个角度阐释了我国职业俱乐部应该承担的社会责任，也形成了有价值的学术成果。

然而，企业公民理论对俱乐部社会责任正当性的解释也存在一定的局限性。对于俱乐部社会责任承担的对象、边界以及动态变化等方面的界定都没有给出具体可操作的解决方案，而更多的是阐述俱乐部与社会的关系。"公民"意味着权利与义务的对等和一致性，在权利没有得到充分保证的前提下，将很难实现俱乐部自觉自愿地承担社会责任。因此，俱乐部社会责任的承担与否取决于其自身权利的保障情况。从另一个角度看，现阶段我国公民社会尚未完全建立，企业公民价值观也尚未形成，而这都需要一个渐进的过程。

---

[1] 赵琼. 国外企业社会责任理论述评 [J]. 广东社会科学, 2007 (4): 172-177.
[2] 李彦龙. 企业社会责任的基本内涵、理论基础和责任边界 [J]. 学术交流, 2011 (2): 64-69.

只有公民社会真正建立，俱乐部才会基于对"公民"身份的认同，自觉自愿地承担社会责任。

综上所述，我们必须承认，无论是利益相关者理论还是企业公民理论，都有其理论内核和合理主张，为进一步阐释职业俱乐部社会责任正当性提供了一定的借鉴和参考。然而，上述两种理论的缺陷也较为明显，存在不适应新时代中国的现实情况，迫切需要新的理论阐释中国职业体育俱乐部社会责任发展中的理论和实践问题，从而更好地推动俱乐部承担社会责任。

第二节 关系契约理论及其与职业俱乐部社会责任的契合性分析

与利益相关者理论、企业公民理论相比，关系契约理论对新时代中国职业俱乐部社会责任具有更好的适用性和动态解释力，不仅能够合理解释俱乐部承担社会责任的正当性，还能充分考虑新时代中国发展的特殊国情以及俱乐部所处的特定社会背景，提供更具指导性、富有弹性的中国职业体育俱乐部社会责任分层承担的分析框架，进而推动我国职业俱乐部更好地承担社会责任。

一、关系契约理论概述

一直以来，契约（contract）都是新制度经济学关注的重要议题。古典契约理论认为契约内容完全清晰，且在任何状态下都可以被证实，契约会得到有效执行，是契约的理想状态。然而，由于个体有限理性的存在，使契约不可能完美无缺，契约的设计也不可能天衣无缝，不可能预估所有问题，这就给契约的执行造成了困难，导致契约理论与现实状况出现冲突。在此背景下，一种新的契约理论——关系契约理论应运而生。20世纪60年代，关系契约理论由美国学者斯图尔特·麦考尼尔（Stewart Macaulay）率先提出，他开创性地将关系纳入了契约行为研究，主张让契约超出合意并置于整个社会背景中进行探讨[1]。随着契约理论的不断发展,关系契约理论也越来越完善。麦考尼尔也对其进行了更加深入的探索,但始终没有将关系契约理论具体化。此后,日本学者内田贵进一步完善了关系契约理论,并对其进行了理论重构。他认为,关系契约理论是一种特殊的实体契约理论,是自然存在的并应该上升为法律制度[2]。之后,关系契约理论迅速在法学、经济学、管理学等领域引起了强烈的反响,并得到了广泛的运用。

关系契约具有关系嵌入性、时间长期性、自我履约性及条款开放性等特点。第一,理解关系契约要从关系的嵌入性入手,"关系"是契约得以发生的情景,而契约总是在一定的语境下发生,只有在特定的情景中当事人、当事人的行为及当事人的合意判断和内容才能得到准确的诠释[3]。关系嵌入性决定了需要从交易所嵌入的关系理解契约。第二,与古典契约相比,关系契约持续时间长,且随着时间的延伸而持续,在这个过程中关系契约可能涉及其他利益相关者,比如消费者、供应商等,这超越了古典契约交易的界限[4]。长期交易有利于建立信任关系,减少机会主义行为,避免单次交易产生的囚徒困境。第三,关系契约依赖自我履行机制,其中内含很强的人格化因素,双方在长期交易过程中出现的问题都能以合作或其他补偿性手段予以化解[5],这与古典契约存在明显的差异。第四,因为个体有限理性的存在,对于未来发展中不确定的情况,契约双方对此都希望保持一定的弹性和灵活性,并不会在事前对那些须外部法律保障或局外人证实的信息的结果达成一

---

[1] Stewart M. Non-contractual relations in business: A preliminary study [J]. American Sociological Review, 1963 (28): 55-56.

[2] 内田贵. 契约的再生 [M]. 胡宝海,译. 北京: 中国政法大学出版社, 2004: 199-200.

[3] Macniel I R. Relational contracts theory: challenges and queries [J]. Northwestern University Law Review, 2000 (3): 877-907.

[4] Speidal R E. The characteristics and challenges of relational contracts [J]. Northwestern University Law Review, 2000 (3): 823-846.

[5] Macniel I R. The many futures of contracts [J]. Southern California Law Review, 1974 (2): 691-816.

致[1]。因此，条款的开放性使关系契约存在较强的柔性。

总之，当事人之间形成的关系共同体与交换过程是关系契约理论的核心，其突出贡献在于，强调契约缔结背后复杂社会关系对契约履行的影响，把契约视为市场交易的社会经济手段，从宽泛的社会学意义上理解"契约"及其"交换"行为，重视关系规范和其他社会规范在契约实现中的作用。当利益主体间的交换关系表现出较强的关系特征时，关系契约就会形成。从动态的视角理解契约，为弥补古典契约的缺陷提供了一种新的路径或方案，同时也为探索新时代中国职业体育俱乐部社会责任提供了一种新的理论分析框架。

二、关系契约理论解释职业俱乐部社会责任的可行性

(一) 俱乐部社会责任满足关系契约的预设条件

新时代中国职业体育俱乐部社会责任是否可以被视为一种关系契约以及是否具备关系契约的属性还需进一步探讨论证。关系契约理论提出了契约交易达成的基本前提和条件，俱乐部与其利益相关者之间恰好也都满足。

1. 俱乐部社会责任承担内嵌于社会环境

麦克尼尔提出，几乎不存在个别的、偶然的契约交易，大部分契约交易都将受到其他社会关系的关联性影响。从这个意义上讲，职业俱乐部仅追求个体利益最大化的契约是不现实的，社会环境因素影响交易双方对契约的履行。因此，处理好职业俱乐部与社会的关系是俱乐部承担社会责任的前提基础，而关系的处理突出表现为俱乐部与利益相关主体之间关系的协调。俱乐部及其利益相关主体同处社会复杂环境中，利益相关主体在社会运行这个大系统中与俱乐部建立联系，成为俱乐部社会责任履行中的关系主体。而俱乐部积极承担社会责任，就是要实现强化与利益相关主体的关联并产生值得信

---

[1] Johnson S, Mcmillan J, Woodruff C. Courts and relational contracts [J]. Journal of Law Economics and Organization, 2002 (1): 221-276.

任、有进一步合作意向的效果。社会成效成为俱乐部社会责任履行过程中无法回避的重要因素。

2. 俱乐部社会责任履行中的选择性

关系契约理论强调交易双方缔结契约的选择性。职业俱乐部及其利益相关主体之间有根据自身实际需要选择缔结契约的自由和权利。对俱乐部社会责任来说，有些内容并非是法律规定的，而只是社会公众对俱乐部提出的伦理道德要求，体现的是社会公众对俱乐部承担道德义务的期待。由此，俱乐部在道德义务承担方面具有很大的自由选择空间。此外，不同规模及不同发展阶段的俱乐部，其所形成的多元性契约主体之间的关系也存在较大差异，使俱乐部与社会所形成的契约关系的范围和内容有所不同，其结果是，俱乐部对社会责任的理解也产生了差异，最终导致俱乐部社会责任承担具有内容的选择性。

3. 俱乐部社会责任承担存在"交换"性

关系契约理论认为，"交换"不仅指经济利益上的交换，还有以"互惠互利"为基础的其他因素的交互作用。职业俱乐部社会责任承担也存在这种"交换"，其与利益相关主体之间的关系可被视为一种"交换"关系。例如，从俱乐部与球迷的关系看，俱乐部通过为消费者（球迷）提供高质量的竞赛服务产品，赢得球迷的信任和支持，从而建立稳定的消费关系；又如，从俱乐部与教练员、运动员等员工的关系看，俱乐部通过为教练员、运动员等提供可观的薪酬和福利待遇，既可稳定与他们的关系，又能吸引更多优秀员工加盟俱乐部。这种互动行为在为俱乐部带来经济收益的同时，又很好地体现了俱乐部社会责任的承担。俱乐部无论规模大小，其社会责任的承担应与自身的条件相适应。例如，大型俱乐部进行社会捐赠为例，俱乐部为学校捐赠体育设施或资金，对俱乐部的回报可能以锦旗、证书或其他政府颁发的奖状等形式表现出来，为俱乐部带来社会声誉和关注度的提升等无形财富。俱乐部以高度的社会责任感帮助其树立良好的社会形象，此即俱乐部与社会之间的交换互动。

（二）俱乐部社会责任具有关系契约属性

除满足关系契约的预设条件之外，职业俱乐部社会责任的有关内容也与关系契约理论具有高度的内在契合性。

1. 俱乐部社会责任内容的开放性

俱乐部社会责任内容的多层次性、履责对象的广泛性，都与关系契约的开放性特点相契合。从履责内容来看，俱乐部社会责任不可能只容纳法律规范层面的操作性内容，还要考虑其他超规范的因素对俱乐部经济利益和管理运营产生的长期性影响。随着我国经济社会发展，俱乐部社会责任内容也随之不断调整与扩展，其各利益相关主体对俱乐部社会责任契约结构的理解存在差异，他们对缔结契约的期望也有所不同，他们的财富占有、风险偏好等方面有很大差异，决定了他们对俱乐部社会责任履行内容的要求呈现出多层次性。由此，俱乐部社会责任内容要受到俱乐部和社会之间的具体资源要素变化的影响，这与关系契约的开放性特点十分契合。从履责对象来看，由于履责对象（利益相关主体）自身能力存在差异，造成了其对俱乐部社会责任契约结构的影响力不同，履责对象也由此分化成契约强势参与主体和弱势参与主体，俱乐部针对不同的履责对象，其承担的社会责任也有所不同，这与关系契约的开放性也是相契合的。

2. 俱乐部社会责任履行的非承诺性

关系契约理论重视非承诺性的"交换"作用，而交换的内容除经济利益之外，还包括以"互惠合作"为基础的其他要素。俱乐部社会责任内容满足以"互惠合作"为基础的非承诺性"交换"，俱乐部承担社会责任最好能在股东与其他利益相关主体之间建立起良好的利益协调机制。俱乐部社会责任需要协调处理俱乐部与其利益相关主体的利益分配，俱乐部在组织管理运营中追求利益最大化的同时，要兼顾球员、消费者、员工、媒体、社区及环境等利益相关主体的利益。俱乐部社会责任实质是俱乐部的利益相关主体与其股东之间的利益博弈，并争取达成二者利益分配的最优化。然而，在博弈中往往俱乐部股东占据主导地位，但并不能否认俱乐部利益的多元化以及在关系契约下俱乐部社会责任承担的重要性。由此可知，俱乐部社会责任履行与关系契约理论的非承诺性相契合。

3. 俱乐部社会责任承担的长期性

俱乐部社会责任承担的长期性与关系契约的长期性存在一致对应性关系，俱乐部社会责任承担是俱乐部与其利益相关主体之间互动的渐进性过程。俱乐部在长期的履责过程中，其承担的社会责任内容在俱乐部与社会的不断博弈中逐步得以实现，并形成了俱乐部与其利益相关主体之间的互惠合作关系。俱乐部社会责任承担的长期性会引起当事人之间关系的变化，促使俱乐部与利益相关主体之间相互信任与协作。基于对俱乐部长期承诺的信任，各个利益相关主体会对俱乐部进行专有性投资，例如成为俱乐部的债权人、赞助商、长期雇工等。长期的专有性投资仅在特定的场域和条件下能获得很好的收益，离开这个特定场域，专有性投资的价值将会减少甚至失去。因而，如果因单方过错而解约给对方造成损害的，要补偿对方基于原来承诺的利益。这一点与俱乐部在承担社会责任中对运动员、教练员、球迷、债权人、赞助商等利益相关主体的态度具有较高的契合性。

4. 俱乐部社会责任实现的连带性

关系契约强调，个体利益与契约的整体利益是紧密联系在一起的，具有连带性和一体化特征，契约参与人自身利益的实现需要通过其他利益相关主体利益的共同实现达成。同样地，俱乐部要重视与其他利益相关主体的利益共生。例如，俱乐部青训主管与运动员之间未成文的任务分配；俱乐部内部员工升职或解聘条件的具体理解与执行；俱乐部与俱乐部之间形成的合作关系等。俱乐部只有以"互惠合作"的方式积极承担社会责任，其自身才能实现持续健康发展。换言之，俱乐部与社会和谐相处，能够使俱乐部获得额外的收益和价值，例如俱乐部声誉和影响力的提升及合作伙伴关系促进等。因此，关系契约的这种连带性、一体化特点，有利于更好地理解俱乐部与社会的协作关系，进一步推动俱乐部主动自愿地承担社会责任，不断创新社会责任实践方式。

5. 俱乐部社会责任关注"利益协调"机制

俱乐部社会责任的承担要以契约的形式在不同利益相关主体之间构建出一种"利益协调"机制。基于俱乐部利益相关主体影响和谈判能力不同，对俱乐部达成的契约形成一个相对比较均衡的分配效果。通过长期的利益博弈，有契约合作关系的利益相关主体对俱乐部收益建立一个均衡合理的分配式样，这满足关系契约对于"利益协调"机制的构建要求。由于俱乐部与利益相关主体之间存在信息不对称性，容易导致俱乐部的失信行为，需要利用"利益协调"机制的契约设计对俱乐部进行引导，促使其积极承担社会责任，进而实现俱乐部与其利益相关主体的互惠互利、利益共赢。俱乐部股东与利益相关主体追求的最佳利益分配式样即俱乐部社会责任的契约内容，而对于这种利益分配的执行，就是通过俱乐部与社会的互动过程中以非承诺性"交换"的方式达成的。因此，俱乐部社会责任符合关系契约中"利益协调"机制建立的条件。

6. 重视非正式制度对俱乐部社会责任承担的影响

俱乐部社会责任内容的开放性要求重视社会规范、关系规范等非正式制度对俱乐部履责的影响。关系契约强调社会规范对契约内容的影响，俱乐部社会责任内容也同样受道德规范、交易习惯、风俗规则等社会规范的影响。非正式制度在俱乐部社会责任承担过程中发挥了重要作用，俱乐部履责受到社会规范的制约，强化俱乐部对其利益相关主体的履约承诺，例如俱乐部对外公布社会责任实践活动、公布俱乐部行为规范等。此外，俱乐部还会根据外部社会规范的评价和引导，适时调整自身的社会责任行为，从而实现俱乐部与社会的和谐发展。值得注意的是，重视非正式制度对俱乐部履责的影响，并不是说完全依赖非正式制度。法律、规章等正式制度也需充分发挥强制作用，以维持俱乐部与利益相关主体之间的稳定关系，促使俱乐部积极承担社会责任。然而，除了法律的强制性规定，一般俱乐部与其利益相关主体不愿意用法律强制的方式促使社会责任的承担，因为用法律调整也存在一定的缺陷和不足，如法律的守成取向、固有的刚性因素等[1]。因此，俱乐部社会责任履行，除了法律制度的必要调整和制约外，还要高度重视非正式制度发挥的重要影响。

综上所述，俱乐部在履行社会责任的过程中，其与利益相关主体之间在各方面与关系契约理论具有高度的内在契合性。由此俱乐部社会责任的实现可被视为在关系契约中当事人之间的互动过程。从关系契约视角，阐释新时代中国职业俱乐部社会责任的正当性基础，也许并不能完全涵盖俱乐部社会责任承担实践的所有现象，但却能更好地揭示俱乐部履行社会责任的本质，从而指导新时代中国职业俱乐部社会责任体系的构建和实现。

第三节 关系契约理论指导职业俱乐部社会责任建设的重要价值

关系契约理论对新时代中国职业体育俱乐部社会责任建设具有重要的指导价值和意义，其主要表现在有利于实现俱乐部自身经济价值与社会价值的内在统一、有利于实现内外规范对俱乐部社会责任行为的共同调整、有利于促使俱乐部与经济社会建设和谐一体、融合发展，为俱乐部社会责任建设提供了有益启示。

一、利于实现俱乐部自身经济价值与社会价值的内在统一

前文已述，职业俱乐部具有经济与社会双重属性，那么如何实现自身的

---

[1] 埃德加·博登海默.法理学——法律哲学与法律方法[M].邓中来，译.北京：中国政法大学出版社，2004：419-420.

经济价值和社会价值需要我们认真思考。关系契约理论将个体置于复杂的社会关系中进行考察，是建立在"社会人"的前提下看待个体从事的各种契约活动，体现了俱乐部"社会人"与古典契约中"经济人"的双重角色。正是基于此，俱乐部任何的活动都需要依托社会才能实现其目标和利益。"没有社会，契约绝不可能发生，且未来也不会发生，契约的功能也不会被理解"[1]。经济的发展与社会分工的细化导致了契约主体的分化，进而产生了契约主体强弱地位差异的比较，这正是俱乐部基于"社会人"角色承担社会责任的重要缘由。对新时代中国职业体育俱乐部社会责任建设来说，以俱乐部"社会人"的角色出发考察其社会责任承担问题，有利于实现俱乐部自身经济价值与社会价值的统一。一方面，俱乐部承担社会责任是其做好"社会人"角色的有力展现。俱乐部单纯追求股东利益最大化而忽视社会整体利益已经不符合新时代社会发展的要求。俱乐部作为社会大系统中的一员，必须将实现社会利益提到重要的战略位置，避免其履责的庸俗化和功利化，真正担负起相应的社会责任。另一方面，俱乐部履行社会责任是其进行的一种社会性"互惠交换"，将信任、声誉等非物质性要素纳入关系契约中考察，有利于俱乐部建立起自愿践行社会责任的意识和观念，进一步推动俱乐部社会责任实践发展。此外，俱乐部履行社会责任也是其支持社会发展的特定行动表现，将俱乐部纳入特定的社会背景下来解释主体的行为，能充分考虑我国特殊国情和新发展阶段，利于更好地阐释俱乐部承担社会责任的理论和实践问题。

二、利于实现内外规范对俱乐部社会责任行为的共同调整

契约的履行是内外规范综合作用的结果，这是关系契约的重要观点。解决当事人之间的分歧和矛盾，不应只靠外部法律的规范解决，还应考虑社会内部规范对契约履行的重要影响。这种内外规范的"二元"划分，对新时代

---

[1] Ian R M. The new social contract-An inquiry into modern contractual relations [M]. New Haven: Yale University Press, 1980: 1-2.

中国职业体育俱乐部社会责任体系构建具有重要的指导价值。第一，关系契约将影响契约执行的社会因素，正好与俱乐部承担社会责任过程中，其与社会互动关系中法律与道德义务的统一性相吻合，能够更好地解释俱乐部为什么履行以及在多大范围内履行社会责任，进而指导新时代俱乐部社会责任建设。第二，俱乐部基于对交易成本等因素的考虑，往往将有些内容通过社会内在规范的形式约束各利益主体的行为，而不是通过正式契约达成，因为有些事后可能发生的问题，很难通过第三方途径强制解决。基于此，通过内在规范达成的非正式性的契约完成社会责任的承担，成为俱乐部的一个有利选择。第三，俱乐部所需承担的部分社会责任内容很难通过第三方途径强制解决，只能依靠俱乐部自愿履行和实现。而内外规范的"二元"划分，有助于声誉、信任、长期合作等机制激发俱乐部社会责任履行的内生动力，继而有利于俱乐部建立以"自我激励、自觉践行"为主的社会责任承担机制，进一步推动俱乐部社会责任发展。

三、利于促使俱乐部与经济社会建设和谐一体、融合发展

人与自然、社会和谐相处是我国社会主义核心价值观所倡导的，这与关系契约强调的"和谐统一"理念不谋而合。俱乐部存在于社会，其发展离不开社会，且与社会形成了共同体。由此，俱乐部首先需要关注社会成员的发展状态。作为共同体的一份子，俱乐部应以团结合作的态度积极与共同体的其他成员开展业务往来或其他交往，进而实现互利共赢、共同发展的良好局面。其次，基于"共同体"考虑，俱乐部与社会之间的分工合作不能只是出于利益驱动或者契约义务，而应该思考社会成员之间的共同需要，促使俱乐部与其他社会成员之间的关系更加和谐与稳定。再次，俱乐部应当重视环境保护，促进资源的供需平衡。当俱乐部管理运营、营利追求与环境保护、资源供给产生冲突时，俱乐部应主动实施自我调节、自我改革，而不应在外在监管压力下被动改革和调整。在关系契约"和谐统一"的理念下，俱乐部与

共同体的其他成员之间容易形成风险共担、利益共享的分配新格局，进一步促使俱乐部与社会的和谐相处。并且，只有将俱乐部真正融入新时代中国社会建设大系统中，基于"共同体"考虑构建新时代中国职业体育俱乐部社会责任体系，才能更好地反映出我国职业体育俱乐部社会责任承担的实体内容，进而推动我国俱乐部社会责任健康发展。

由是观之，关系契约理论打破了古典契约以"利己"为出发点的追求利益最大化的观点，突出强调社会合作和契约团结的新理念以及社会主体"利己"和"利他"辩证统一的主张，为俱乐部与社会成员形成良性互动提供了新的可能。关系契约理论成为新时代中国职业体育俱乐部社会责任研究的一个新的分析视角，它符合构建新时代中国职业体育俱乐部社会责任体系的理念与要求，不但为我国职业体育俱乐部社会责任履行提供了正当性理由，还为实现职业俱乐部与社会和谐发展、互动共生提供了方向指引。

本章小结

采用文献资料法、逻辑分析法等方法，对职业俱乐部社会责任正当性的理论探讨与审视、关系契约理论及其与职业俱乐部社会责任的契合性以及关系契约理论指导职业俱乐部社会责任建设的重要价值进行了深入探讨与分析，为构建新时代中国职业体育俱乐部社会责任体系奠定了理论基础。

第一，从宏观和微观角度探讨了职业俱乐部社会责任的正当性来源。在宏观层面上，进行了俱乐部承担社会责任的经济学和社会学分析。以经济学视角考察俱乐部社会责任的正当性来源，可从经济伦理和经济效率两个维度展开。作为企业公民的俱乐部，不能为了最大程度地追求经济利益而任意妄为、不择手段，其在一定范围内需要受到道德规范和社会约束。同时，要求职业俱乐部在其能力范围内承担社会责任，也具有效率上的合意性与适切性。以社会学角度考察职业俱乐部社会责任的正当性来源，可从俱乐部与社会的关系及俱乐部与利益相关者的关系展开。俱乐部在享受社会提供的服务和支持的同时，也需担负相应的社会运行所产生的成本，其承担社会责任是其应有之义。在微观层面上，进行了基于俱乐部自身特殊性的分析，主要从俱乐部本质属性及竞赛产品特殊性展开。经济属性赋予了俱乐部应对与之存在契约关系的利益相关者担负起应有责任，而社会属性则明确了俱乐部社会服务者的角色，承担社会责任是社会公众赋予的历史使命。同时俱乐部竞赛产品的生产高度依赖竞争对手的特殊性，使其必须主动承担责任，要对竞争对手高度负责，否则"一损俱损"。

第二，对职业俱乐部社会责任正当性进行了理论审视。无论是利益相关者理论还是企业公民理论，都有其理论内核和合理主张，为进一步阐释职业俱乐部社会责任正当性提供了一定的借鉴和参考。然而，上述两种理论的缺陷也是较为明显的，存在不适应新时代中国现实的情况，迫切需要新的理论阐释中国职业体育俱乐部社会责任发展中的理论和实践问题，从而更好地推动俱乐部承担社会责任。

第三，概述了关系契约理论的缘起和核心观点。契约当事人间形成的关系共同体与交换过程是关系契约理论的核心，其突出贡献在于，强调契约缔结背后复杂社会关系对契约履行的影响，把契约视为市场交易的社会经济手段，从宽泛的社会学意义上理解"契约"及其"交换"行为，重视关系规范和其他社会规范在契约实现中的作用。

第四，深入阐述了关系契约理论解释职业俱乐部社会责任的可行性。俱乐部社会责任满足关系契约的预设条件，包括俱乐部社会责任承担内嵌于社会大环境、俱乐部社会责任履行具有选择性、俱乐部社会责任承担存在"交换"性。同时俱乐部社会责任具有关系契约属性，包括俱乐部社会责任内容的开放性、俱乐部社会责任履行的非承诺性、俱乐部社会责任承担的长期性、俱乐部社会责任实现的连带性、俱乐部社会责任关注"利益协调"机制、重视非正式制度对俱乐部社会责任承担的影响。

第五，论述了关系契约理论指导职业俱乐部社会责任建设的重要价值，指导价值主要体现在有利于实现俱乐部自身经济价值与社会价值的内在统一、有利于实现内外规范对俱乐部社会责任行为的共同调整、有利于促使俱乐部与经济社会建设和谐一体、融合发展。

第三章
新时代中国职业体育俱乐部社会责任体系构建

　　2020年7月，习近平总书记在企业家座谈会上指出："任何企业存在于社会之中，都是社会的企业"。职业体育俱乐部作为一种特殊类型的企业，在任何时候所承担的社会责任都无法超越其赖以生存和发展的时代背景与社会经济、政治、文化条件。不同的历史发展阶段、不同的社会经济条件，俱乐部承担的社会责任是不一样的。新时代中国的社会背景和国情决定了我国职业体育俱乐部社会责任体系构建不能复制西方国家企业社会责任体系，而应结合我国俱乐部社会责任履行现状，立足新时代中国社会现实，反映中国问题，展现时代特色，切实与我国社会主义现代化建设总体布局相契合。在此基础上，构建的新时代中国职业体育俱乐部社会责任体系，才能更有理论生命力、现实解释力和本土适应力。社会责任体系化问题是我国俱乐部履行社会责任过程中出现的不能回避的问题，而所谓体系化，即在社会责任范围内按照一定的规则秩序和内部联系有机组合而成的整体。

　　当前，我国职业体育领域社会责任研究逐步增多，其中也不乏高质量的学术成果，而关于俱乐部社会责任体系研究主要集中于引进国外有关理论模型，如卡罗尔（Carroll）的企业社会责任金字塔结构、莱辛格（Leisinger）的企业社会责任层级体系等，构建我国职业体育俱乐部社会责任体系[1-3]，还有从法学、利益相关者等视角探讨我国职业体育俱乐部的社会责任内容构成[4-5]。虽然这些成果对丰富我国职业体育俱乐部社会责任理论、促进其社会责任健康发展具有重要的作用，但却不能清晰地反映我国职业体育俱乐部社会责任的时代性的特定内容，表现出一定的不周延性，且不能反映中国与西方俱乐部社会责任承担领域和关注范围的差异。由此，本文在分析已有俱乐部社会责任体系的基础上，以"五位一体"的社会主义现代化建设总体布局为指导框架，构建新时代中国职业体育俱乐部社会责任体系，并以关系契约为理论支撑，确立新时代中国职业体育俱乐部社会责任三维坐标体系，透视该社会责任体系应用模型，对于拓展我国职业体育俱乐部社会责任理论，促进俱乐部社会责任实践发展具有重要的理论价值与现实意义。

第一节 已有职业体育俱乐部社会责任体系及解析

一、已有主要俱乐部社会责任体系概述

由于各国政府、国际组织以及学者对企业社会责任的涉及范围有不同认识，由此形成了不同的企业社会责任体系[6]。而从已有研究看，所构建的职业体育俱乐部社会责任体系大部分是在借鉴国外具有代表性的企业社会责任

---

[1] 杜丛新，谭江波. 职业体育组织社会责任理论体系研究 [J]. 首都体育学院学报，2013, 25 (2): 117-120.

[2] 张森. 我国职业体育俱乐部社会责任理论与实践研究 [J]. 体育科学，2013, 33 (8): 14-20.

[3] 韩炜，荣思军. 职业体育组织社会责任：概念、特点与承载内容 [J]. 山东体育学院学报，2018, 34 (4): 12-17.

[4] 周爱光，闫成栋. 职业体育俱乐部社会责任的特征与内容 [J]. 北京体育大学学报，2012, 35 (10): 6-9.

[5] Babiak K, Wolfe R. Determinants of corporate social responsibility in professional sport: internal and external factors [J]. Journal of Sport Management, 2009, 23 (6): 717-742.

[6] 乔治·斯蒂娜，约翰·斯蒂娜. 企业、政府与社会 [M]. 张志强，王春香，译. 北京：华夏出版社，2002.

体系模型基础上形成的，目前主要体系有三种：俱乐部社会责任"同心圆"体系、"金字塔"体系和"层级"体系。

（一）俱乐部社会责任"同心圆"体系

1971年，美国国家经济委员会提出俱乐部社会责任"同心圆"体系（图3-1），它将企业视为圆心，其社会责任分为内圈责任、中圈责任和外圈责任，内圈责任即最基本的经济责任，中圈责任指履行内圈责任的同时，对社会价值观的配合与履行，外圈责任是改善社会环境的责任，也包含新出现的尚不明确的其他责任，处于开放状态。

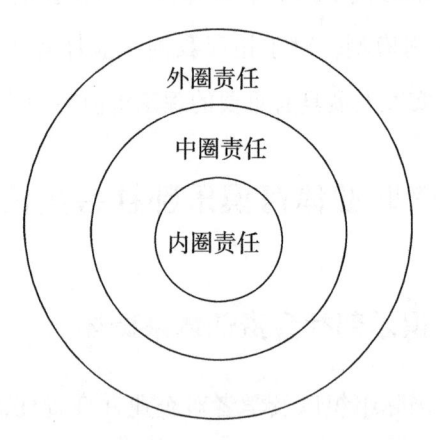

图3-1 俱乐部社会责任"同心圆"体系

以"同心圆"体系为基础，有学者提出，职业俱乐部社会责任指俱乐部根据从事运动项目的特点，对其应扮演角色进行的准确定位，即俱乐部在何种理念和方式下处理其内部问题及其与外部组织的关系问题，分为基本层面、中间环节和外延体系三个层面，基本层面是俱乐部义务层次和最低要求；中间环节是俱乐部给利益相关方创造价值；外延体系则是为社会大众谋求多样化福利，承担的道德慈善义务。还有学者运用利益相关者理论对俱乐部利益相关者分类后认为，职业篮球俱乐部社会责任是俱乐部迫于外部压力或出于俱乐部效益或为了回馈社会而对各个利益相关者所履行的义务，分为内部责任、中部责任和外部责任[1]。

(二) 俱乐部社会责任"金字塔"体系

1979年，该体系由卡罗尔（Carroll）提出，主张把俱乐部社会责任按责任强度由低到高分为经济责任、法律责任、伦理责任与慈善责任（图3-2）。卡罗尔认为，经济责任首先是其他社会责任的基础，其次是法律责任和伦理责任，慈善责任是企业自愿承担而非法律要求的责任[2]。在此基础上，结合实际，国内学者构建了我国职业体育俱乐部社会责任体系，包括慈善责任、社区责任、战略责任、领导责任、道德责任、法律责任和利益关系人责任7大维度[3]。有学者甚至将卡罗尔企业社会责任"金字塔"体系模型直接应用于职业体育领域，认为职业体育组织的社会责任是指经济责任、法律责任、伦理责任与慈善责任4大责任[4]。此外，还有研究提出俱乐部社会责任是指一定时期内社会公众对俱乐部的法律责任、经济责任、道德责任、慈善责任等方面期望的总和[5]。虽然上述研究取得了一些重要进展，但仍缺乏具有创新性、本土化的体系和概念探讨。

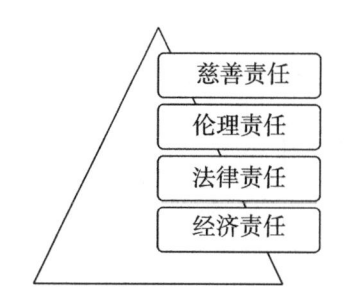

图 3-2　俱乐部社会责任"金字塔"体系

[1] 乔泽波. 职业篮球俱乐部社会责任评价的理论与实证研究 [D]. 上海：上海体育学院, 2020.
[2] Carroll A B. The four faces of corporate citizenship [J]. Busi Soc Rev, 1998, 100 (1)：1-7.
[3] 张淼. 我国职业体育俱乐部社会责任理论与实践研究 [J]. 体育科学, 2013, 33 (8)：14-20.
[4] 杜丛新, 谭江波. 职业体育组织社会责任理论体系研究 [J]. 首都体育学院学报, 2013, 25 (2)：117-120.
[5] 王炳洁, 王莉. 中国足球协会超级联赛俱乐部社会责任评价指标体系构建 [J]. 首都体育学院学报, 2021, 33 (3)：308-314.

(三) 俱乐部社会责任"层级"体系

2007年莱辛格（Leisinger）提出了企业社会责任"层级"体系，根据企业社会责任对企业的不同要求程度，将企业社会责任分成三个层级，即必须（must）、应当（ought to）和能够（can）。"必须"层级是企业存在的必要条件，是最基础的法律义务；"应当"层级是企业被期待承担法律义务之外的更多社会责任；"能够"层级是企业基于自愿主动承担的社会责任[1]（图3-3）。在此基础上，国内学者结合有关分类标准，认为职业体育组织社会责任是指其在自身经营和决策过程中体现出来的主动承担的维护和增进利益相关者利益的一种综合责任，分为必做之事、应做之事和愿做之事三个层级，必做之事是最基本的社会责任（底线责任），包括经济责任、法律责任和竞技责任；应做之事是应当承担的责任，包括教育责任、伦理责任等；愿做之事是自愿承担的最高层次社会责任，包括慈善责任、环境保护责任等[2]，且三者呈现依次递进的逻辑关系。

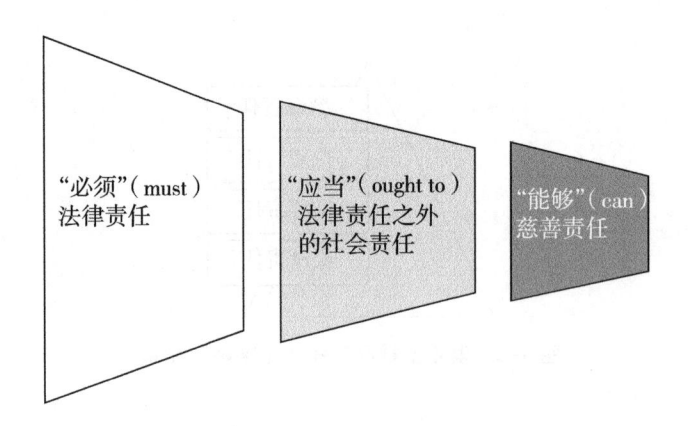

图3-3 俱乐部社会责任"层级"体系

---

[1] Klaus M, Leisinger. Creating value through responsible business [EB/OL]. [2021-08-05]. http://www.bcsd.org.tw/2010/images/doc/701/20071011/20071011.pdf.

[2] 韩炜，荣思军. 职业体育组织社会责任：概念、特点与承载内容 [J]. 山东体育学院学报, 2018, 34 (4)：12-17.

二、已有职业俱乐部社会责任体系的评价与分析

虽然上述已有职业俱乐部社会责任体系对我国职业体育俱乐部提高认识、积极履行社会责任具有重要的促进作用，但仍然存在明显的不适应我国实际的情况。首先，根据国外有关企业社会责任体系模型构建的俱乐部社会责任体系，基本站在中立的视角，在俱乐部履行社会责任的问题上，更多依赖于自发形成的社会责任文化。在此过程中，政府并未实施直接干预，俱乐部基本自愿承担社会责任。由此，对社会慈善的关注变成俱乐部履行社会责任的较高标准和要求。然而，要得到俱乐部的认同，就必须真正站在新时代中国职业俱乐部的立场上构建俱乐部社会责任体系，唯此才能促进俱乐部积极履行社会责任。其次，忽视了政府的作用。西方国家具有高度发达的市场经济，其企业社会责任体系也是基于完全的市场导向，因此，依据这种体系框架建立的我国职业体育俱乐部社会责任体系，也就默认为完全的市场导向。然而，在我国职业体育俱乐部社会责任体系的构建过程中，不能忽视政府的作用，不能完全站在俱乐部角度而忽视政府作用讨论俱乐部社会责任，这将会削弱俱乐部社会责任体系的适应性，不利于推动社会责任实践发展。此外，俱乐部社会责任体系与其赖以生存与发展的社会环境紧密关联，其作用的有效发挥离不开社会大环境的支持。我国市场经济体制不断完善，逐步形成了中国特色的社会主义市场经济体制，但其发达程度与西方市场经济相比仍有较大差距。如果不考虑俱乐部赖以生存发展的特殊时代背景和社会环境而盲目复制照搬国外的企业社会责任体系框架，所构建的俱乐部社会责任体系是很难融入我国经济社会发展大局之中的，出现水土不服也就在所难免。

第二节　新时代中国职业体育俱乐部社会责任体系的确立

一、新时代中国职业体育俱乐部社会责任体系总体框架的确立

任何俱乐部都存在于社会，都是社会的俱乐部。充分考虑俱乐部履行社会责任的具体社会环境和时代背景是新时代我国俱乐部社会责任体系构建的现实基础。只有扎根并融入具体社会环境的俱乐部社会责任体系才能更好地吸收社会资源，只有与社会总体发展趋势同频共振的俱乐部社会责任体系才能在社会发展潮流中实现自身价值和目标。作为我国社会的组成部分，俱乐部社会责任系统也受到国家社会建设整体布局的深刻影响。党的十九大提出："中国特色社会主义进入新时代，这是我国发展的新的历史方位"。站在新的历史方位上，确立了从经济建设、政治建设、文化建设、社会建设和生态文明建设"五位一体"的总体布局推进中国特色社会主义事业。新时代国家建设"五位一体"总体布局作为一个整体，呈现出严谨的内在逻辑关系。从分类看，五大领域是按照不同的社会发展目标而确立的。与之相适应，在"五位一体"总体布局指导下，新时代中国职业体育俱乐部社会责任体系可划分为俱乐部应承担的社会经济责任、社会政治责任、社会文化责任、社会建设责任及社会生态责任，五大类责任共同构成了新时代中国特色的俱乐部社会责任体系总体框架。由是观之，从统筹推进国家社会发展的五大领域设计新时代职业俱乐部社会责任体系是科学合理的，符合国家现实和时代发展趋势的。从两者关系看，新时代中国职业俱乐部社会责任体系构建是对国家建设"五位一体"总体布局在职业体育领域中的贯彻落实与理论拓延。

因此，新时代中国职业体育俱乐部社会责任体系框架是建立在新时代中国现实国情基础之上的，由社会经济责任、社会政治责任、社会文化责任、社会建设责任和社会生态责任五个子体系构成的统一整体（图3-4）。按照国家建设"五位一体"总体布局构建新时代中国职业体育俱乐部社会责任体系

框架,不仅可最大程度服务国家现代化建设的总体战略目标,还能借助社会发展整体优势促进俱乐部积极履行社会责任。俱乐部社会责任的具体性和历史性决定了其社会责任范围的包容性和开放性。作为一个动态开放的责任体系,俱乐部社会责任的范围将随其所赖以生存发展的社会环境的动态变化而不断扩张和调整,继而才能保证职业俱乐部社会责任持续发展的生命力。

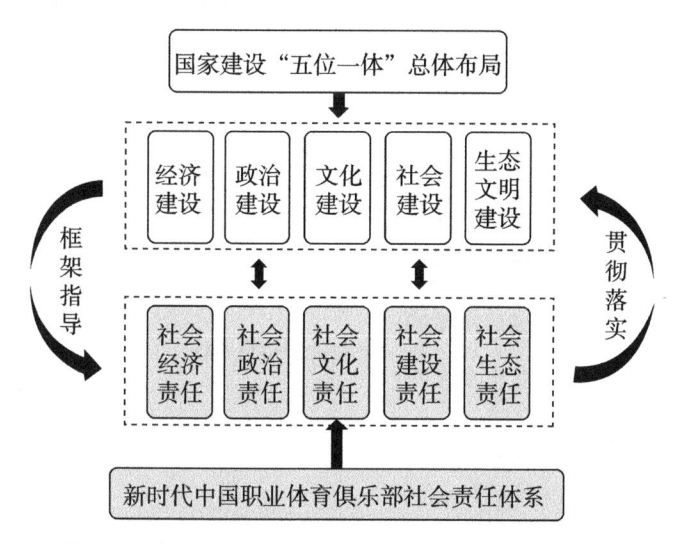

图 3-4 新时代中国职业体育俱乐部社会责任体系框架

二、新时代中国职业体育俱乐部社会责任体系具体要素的确立

在确立的新时代中国职业体育俱乐部社会责任体系总体框架下,对该职业俱乐部社会责任体系具体要素进行初步拟定、专家筛选及最终确定,为进一步深入分析每个具体要素奠定了坚实基础。

(一)职业俱乐部社会责任体系具体要素的初步确立

通过查阅文献资料、访谈专家等途径,结合新时代背景下我国职业体育俱乐部及其社会责任承担实际情况,在五大维度中初步拟定出14个新时代中国职业体育俱乐部社会责任体系的具体要素(表3-1),其中社会经济责任包括履行纳税义务等4个要素；社会政治责任包括服务国家对外体育交往等3个要素；社会文化责任包括培育诚信经营文化等2个要素；社会建设责任包括投身公益事业等3个要素；社会生态责任包括倡导生态体育理念等2个要素。

表3-1　新时代中国职业体育俱乐部社会责任体系具体要素的初步拟定

维度	具体要素	维度	具体要素
社会经济责任	履行纳税义务 保障利益相关者的权益 获取经济利润 披露财务信息	社会政治责任	服务国家对外体育交往 维护社会稳定 承接政府转移职能
社会文化责任	培育诚信经营文化 践行社会和谐文化	社会建设责任	投身公益慈善事业 提升当地社区生活品质 提供就业岗位
社会生态责任	倡导生态体育理念 践行生态环境保护		

（二）职业俱乐部社会责任体系具体要素的最终确立

通过德尔菲法对职业俱乐部社会责任体系的具体要素进行筛选与修改，表3-1中的具体要素作为第一轮专家问卷的咨询内容。对有效回收的第一轮专家问卷的数据进行统计（表3-2），以定量与定性相结合的方式对具体要素实施筛选、修正。在统计结果的基础上，按照简单、多数的舍弃原则，直接舍弃了"承接政府转移职能"这个要素。同时，根据有关专家的意见和建议，补充了"融入与服务国家队建设"和"传播先进体育文化"，并修正了部分要素，将"获取经济利润"改为"保障自身经济效益"；将"履行纳税义务""保障利益相关者的权益""披露财务信息"合并改为"维护多方主体利益"；将"服务国家对外体育交往"改为"服务国家对外人文交流"；将"维护社会稳定"改为"维护国家社会安全稳定";将"提升当地社区生活品质""提供就业岗位"合并改为"服务城市社区建设";将"践行生态环境保护"改为更具体的"落实节能减排行动",其余的具体要素进行下一轮的筛选与修正。

表3-2 第一轮专家问卷调查统计结果表

维度	序号	具体要素	平均值	标准差	变异系数	重要程度
社会经济责任	1	履行纳税义务	4.98	0.45	0.08	100%
	2	保障利益相关者的权益	4.91	0.29	0.06	100%
	3	获取经济利润	4.85	0.50	0.11	96.55%
	4	披露财务信息	4.15	0.96	0.24	79.09%
社会政治责任	5	服务国家对外体育交往	4.88	0.42	0.15	95.76%
	6	维护社会稳定	4.59	0.53	0.23	84.61%
	7	承接政府转移职能	2.79	0.92	0.18	46.39%
社会文化责任	8	培育诚信经营文化	4.73	0.54	0.23	93.09%
	9	践行社会和谐文化	4.53	0.86	0.20	83.82%
社会建设责任	10	投身公益慈善事业	4.96	0.26	0.07	100%
	11	提升当地社区生活品质	4.64	0.63	0.18	88.76%
	12	提供就业岗位	4.38	0.75	0.22	84.57%
社会生态责任	13	倡导生态体育理念	4.45	0.86	0.18	86.29%
	14	践行生态环境保护	4.78	0.38	0.12	91.36%

根据第二轮专家问卷调查的统计结果,对俱乐部社会责任体系的具体要素进行第二轮的筛选与修改,其舍弃的原则:第一,重要程度低于2/3的要素。第二,变异系数在0.20以上的要素。由表3-3可知,各个具体要素的平均值、变异系数等与第一轮调查结果基本吻合并趋于稳定,说明专家对各具体要素的意见已趋于基本一致,稳定性较高。

经过两轮专家调查,最终确定了新时代中国职业体育俱乐部社会责任体系的具体要素:社会经济责任包括保障自身经济效益、维护多方主体利益2

个要素；社会政治责任包括融入与服务国家队建设、服务国家对外人文交流、维护国家社会安全稳定3个要素；社会生态责任包括倡导生态体育理念、落实节能减排行动2个要素。在国家建设"五位一体"总体布局下，构建出了包含五大维度12个具体要素的新时代中国职业体育俱乐部社会责任体系。

表3-3 第二轮专家问卷调查统计结果表

维度	序号	具体要素	平均值	标准差	变异系数	重要程度
社会经济责任	1	保障自身经济效益	4.97	0.42	0.06	100%
	2	维护多方主体利益	4.94	0.32	0.07	100%
社会政治责任	3	融入与服务国家队建设	4.96	0.28	0.05	100%
	4	服务国家对外人文交流	4.84	0.39	0.14	96.53%
	5	维护国家社会安全稳定	4.68	0.51	0.17	85.82%
社会文化责任	6	培育诚信经营文化	4.81	0.48	0.16	93.48%
	7	践行社会和谐文化	4.56	0.82	0.19	83.27%
	8	传播先进体育文化	4.62	0.54	0.14	87.55%
社会建设责任	9	投身公益慈善事业	4.95	0.22	0.07	100%
	10	服务城市社区建设	4.66	0.53	0.18	88.34%
社会生态责任	11	倡导生态体育理念	4.54	0.76	0.15	86.79%
	12	落实节能减排行动	4.82	0.36	0.12	93.47%

第三节 新时代中国职业体育俱乐部社会责任体系的构成要素分析

一、社会经济责任

社会经济责任是指俱乐部为实现"利润最大化"而充分有效利用各类资源并提供高质量的、价格合理的服务或产品，以满足利益相关主体需求的责任。虽然目前职业体育俱乐部存在过度追求"利润最大化"现象，但我们不能否认其通过合法途径获取最大经济收益的根本利益诉求。作为特殊的经济实体，追求经济效益是俱乐部面向市场经营的必然要求，这与我国社会主义商品生产目的并未存在根本性矛盾。随着社会责任观念逐步普及，俱乐部社会责任的外延逐渐扩大，能否获得经济效益被视为俱乐部社会责任的应然组成部分[1]，此为俱乐部最基本的社会经济责任。新时代中国职业体育俱乐部的社会经济责任包括两个方面：一是寻求盈利，保障自身经济效益；二是在组织管理运营过程中，遵守法律法规，维护多方主体利益。

（一）寻求盈利，保障自身经济效益

逐利性和经济性是职业体育的本质属性。对俱乐部来说，打造精彩赛事，满足观众对体育竞赛的观赏娱乐需求是其收益最大化的前提条件，且赛事精彩和激烈程度越高，产生的经济收益就越好[2]。诚然，寻求盈利既是俱乐部创立的初衷，也是为实现其社会价值而应承担的最基本的社会经济责任，主要表现在以下两方面：第一，寻求盈利是俱乐部实现自身价值的前提条件，这是由俱乐部的本质所决定的。俱乐部组织管理与经营的使命就是在合法范围内赚取最大的利润和收益，进而促使自身经济效益持续增长。第二，俱乐部盈利是其履行社会责任的基础。即俱乐部履行其他社会责任是建立在履行最基本的社会经济责任基础之上的。只有俱乐部盈利，才能满足股东、运动员、教练员及管理人员等的利益需求，才有能力依法、照章缴纳税金，才能有余力服务球迷和社区、慈善捐赠、帮助老弱病残幼等，也才能有更多的资源从事内部员工培训、先进文化培育、体育教育培训、环境保护等。从这一角度看，很难想象，一个职业俱乐部在自身盈利困难、出现生存危机的情况下，怎么会有余力去履行更为广泛的社会责任。事实上，俱乐部寻求盈利的过程与其履行社会经济责任是同步进行的。俱乐部对经济利润的追逐，不仅能调动俱乐部股

---

[1] 卢代富. 国外企业社会责任界说述评 [J]. 现代法学, 2001, 23 (3)：137-144.
[2] 代坤, 丁红娜, 钟秉枢. 职业体育核心价值论 [J]. 首都体育学院学报, 2020, 32 (5)：402-406.

东、球员、教练员、管理人员等主体的积极创造性,还能为同处社会大系统的其他有关社会主体带来福利和益处。例如,为球迷提供高质量的产品和竞赛表演服务、为社会提供就业机会、为地方政府缴纳税金、为弱势群体提供经济帮助等。从这个意义上看,俱乐部积极寻求盈利即履行社会经济责任。

(二) 遵守法规,维护多方主体利益

职业体育俱乐部必须在法律法规的限定范围内开展日常的组织管理与经营活动。法律法规作为"最低限度的社会共识"[1],为俱乐部的行为设定了最低限度的要求。如果说俱乐部寻求盈利是从目的上界定其社会经济责任,那么遵守法规则是从目的达成的手段上界定社会经济责任,二者从不同的视角共同构成了俱乐部社会经济责任的内容。结合专家观点,本文认为,俱乐部在运营过程中,遵守法律法规主要表现在:第一,依法足额缴纳税金。依法纳税是公民应尽的义务,是俱乐部对政府应负的社会经济责任。俱乐部要合法经营、照章纳税,避免出现偷税、漏税等违法行为,尤其在签订劳动合同、球员转会合同等方面,切实做到足额缴纳税金,履行好缴税义务。第二,遵守消费者权益保护的相关法规。保护消费者合法权益是俱乐部应负的社会经济责任。这一责任要求俱乐部为消费者提供质量过关的合格产品以及高质量的竞赛表演服务,满足消费者对俱乐部产品或表演服务的需求。我国《中华人民共和国消费者权益保护法》对消费者的权利与经营者的义务都做了明确规定。第三,遵守股东权益及球员、教练员等员工权益保护的相关法规。保护股东和员工合法权益也是俱乐部应负的社会经济责任。这一责任要求俱乐部须努力寻求盈利,并按照法律或俱乐部章程,定期向股东和社会披露有关财务信息,同时要求俱乐部严格遵守《中华人民共和国劳动法》和《中华人民共和国劳动合同法》,提供满足基本工作需要的劳动条件,平等关照各级各类员工利益,杜绝侵害员工合法利益。尤其对球员、教练员,俱乐部应按

---

[1] 喻中. 法律:最低限度的社会共识 [N]. 法制日报,2008-06-01 (1).

合同约定及时落实相应的薪酬福利待遇,切勿出现欠薪、阻碍转会等违法行为。第四,遵守体育行业的有关政策制度。与一般企业相比,俱乐部还须遵守一些特殊的行业规范,例如,职业俱乐部准入制度、球员身份与转会管理规定、职业俱乐部财务监管规程等,保障俱乐部利益相关主体的合法利益。

二、社会政治责任

任何企业都不能生活在政治范畴之外[1],俱乐部也不例外。政府的政治决策影响俱乐部的经营与组织管理等活动,同时俱乐部也会通过政治行为影响政府官员,使其按照俱乐部的意愿行事,确保实现俱乐部利益,二者相互影响。中国职业体育发展必须做到经济效益与社会效益并重,不能因为职业化改革而忽视了所应承担的政治责任与社会义务[2]。因此,俱乐部承担社会政治责任是必然的,而且必须反映俱乐部所处的时代背景和具体国情。结合专家观点,本文认为,新时代俱乐部的社会政治责任主要包括融入与服务国家队建设、服务国家对外文化交流、维护国家社会安全稳定。

(一) 融入与服务国家队建设

政府推动竞技体育职业化改革的最初目标是通过职业化的运作方式提升运动项目国家队的竞技水平,为国争光,但职业体育俱乐部的目标却是通过职业体育提升投资企业品牌,实现经济效益最大化,二者的目标存在偏差。俱乐部需要积极融入与服务国家队建设。第一,转变认识,处理好个体与整体利益的关系。从世界范围看,随着球员商品属性的日趋加剧,俱乐部与国家队之间的矛盾无法避免,球员归俱乐部所有,与国家队博弈具有主导优势。单纯获得经济利益只是小利,俱乐部不应该只看到个体利益的点,而应看到

---

[1] 李岚. 西方企业政治行为研究——关于企业规模与政治战略战术的运用 [J]. 河南社会科学, 2009, 17 (5): 37-39.
[2] 刘鹏. 在全国体育局长会议上的讲话 [EB/OL]. [2021-08-10]. http://politics.sports.cn/yw/szrd/2014/1229/73987.html.

整体利益的面[1]，要认识到如果没有国家队的优异成绩作为支撑，俱乐部与联赛也将会失去市场和品牌价值。因此，在利益博弈过程中，俱乐部应主动提高政治站位，自觉融入国家队、国奥队、国青队等的建设过程，配合完成对运动员和教练员的征调等工作，以此为基础实现利益双赢或多赢。第二，担负起为国家队输送高水平竞技后备人才的责任。俱乐部应着力健全完善自身青训体系，重点加强完成义务教育阶段之后的各年龄段梯队建设，而对于更小年龄段的梯队建设，可与青训开展较好的中小学校建立合作关系，俱乐部不定期派遣专业教练员到基层学校协助训练，促使有天赋的青少年运动员更好的成长成才，为各类国家队建设提供持续的人才输送。值得注意的是，在俱乐部服务国家队建设过程中，也应充分考虑俱乐部的实际困难，通过健全引导与激励制度，促使职业俱乐部形成服务国家政治利益的内驱力，而不应一味地采取行政命令。

（二）服务国家对外人文交流

新时代背景下，体育对人文交流的重要作用越发凸显，日趋成为当前和未来新型国际关系构建的一个重要途径。2019 年，《体育强国建设纲要》中指出[2]，要引导、支持和鼓励体育明星及体育企业等在体育对外交往活动中发挥作用，积极参与政府之间人文交流活动，扎实推进共建"一带一路"等多边合作框架下的体育交流活动。由此，职业体育俱乐部作为一类体育企业，应充分发挥其在体育对外人文交流中的作用，承担起服务国家对外人文交流的责任也是应有之义。一方面，俱乐部应主动融入并服务国家"一带一路"建设，积极参加由国内外政府或非政府组织搭建的高级别比赛、友谊比赛或其他体育交流活动，在与国外职业俱乐部等体育组织的文化技艺切磋过程中，增进友谊、促进交流，增强政治互信，展示大国风采，树立国家形象。另一

---

[1] 朱琳，黄松峰. 中国男子篮球职业化与竞技水平协调发展的对策研究 [J]. 中国体育科技, 2016, 52（3）: 21-26.
[2] 国务院办公厅. 体育强国建设纲要 [Z]. 2019-09-02.

方面，在中国—中东欧国家合作框架、中国—东盟合作机制及中外高级别人文交流机制等多边合作框架中[1]，主动参与适合职业俱乐部的人文交流活动，例如，参与越南、泰国等东盟国家的运动员、教练员培训，深入交流与合作，更好地服务国家对外人文交流。此外，加强与国际顶级职业俱乐部、职业体育联盟及体育行业组织高层人员的对话，给俱乐部的教练员、运动员及管理人员创造更多国际交流机会，讲好中国故事，促进对外人文交流。

（三）维护国家社会安全稳定

安全稳定的社会环境为我国各项事业的全面发展提供了基本保障。维护社会安全稳定是每个公民应尽的责任和义务，俱乐部在维护社会安全稳定方面应担负起应有责任，发挥出特殊的作用。其一，俱乐部应当通过建立合理的利益分配机制，与俱乐部投资人、运动员、教练员、管理人员及赞助商、消费者等利益相关者建立稳定和谐的利益关系，对俱乐部内部的矛盾及时予以处理和排解，有效疏导矛盾相关方的负面情绪和对抗行为，避免恶性事件的发生。特别要处理好俱乐部与运动员、赞助商的利益关系，减少不和谐因素干扰，采用对话协商的方式消除矛盾纠纷。其二，俱乐部无论是参加各类联赛还是开展其他活动，都必须以维护社会安全稳定为基本前提，促进人与人之间、人与社会之间和谐共处。例如，赛场发生的运动员暴力事件、运动员殴打裁判事件及因暴力引发的球迷骚乱事件等，不仅需要赛场安保的周密部署和强力支持，更需要参赛俱乐部对运动员及从业人员的教育引导与积极协调，通过各方配合将球场暴力事件消除于无形，形成风清气正、和谐稳定、有序竞争的竞赛环境。其三，俱乐部要通过遵纪守法、规范经营与管理促使其自身实现法治化、规范化发展，与政府建立良好合作关系，承接政府向其购买的体育公共服务，了解人民群众的体育需求和意愿，强化俱乐部的中间纽带作用，实现维护社会安全稳定的责任目标。

---

[1] 钟秉枢，张建会．"十四五"时期体育人文交流面临的挑战及实现路径［J］.体育学研究，2021，35（2）：1-10.

三、社会文化责任

党的十九大报告提出："坚定文化自信，推动社会主义文化繁荣兴盛，建设社会主义文化强国。"良好的社会文化需要每个公民的悉心培育，而俱乐部作为企业公民在社会中扮演重要角色，因此，社会主义文化建设也应是俱乐部的社会责任内容。从这个角度看，俱乐部肩负着加强自身文化建设和先进体育文化传播的双重使命，这也是俱乐部的社会文化责任。文化无法强制，俱乐部的社会文化责任是一种非强制性的责任，即只有俱乐部认同文化背后的价值观，才能实现其社会文化责任。社会主义核心价值观凝结着全体人民共同的价值追求，要把社会主义核心价值观融入社会发展的各个方面。俱乐部自身文化建设必须始终与我国社会主义核心价值观保持高度一致，否则，其经营与管理行为将不被社会大众接受，很难继续生存发展。

（一）培育诚信经营文化

诚信不仅是一种道德规范，更是能给职业体育带来利益的资源[1]。诚信是俱乐部的立身之本，是市场交易的基础。诚实信用能为俱乐部发展赢得先机、赢得人心，并能提升市场竞争力，获得更多的发展机会。没有诚信，俱乐部将失去基本生存根基，最终被社会淘汰。俱乐部要想发展，就必须诚信经营，唯有此才能得到社会各利益相关主体的认同，获得良好的社会声誉。当前，俱乐部积极培育诚信经营文化是其应承担的社会文化责任。俱乐部诚信的经营文化体现在多个方面，例如，不进行虚假广告宣传，不参与打假球，不消极比赛，不收受贿赂，不合同造假（阴阳合同等），不拖欠员工薪水，不生产销售假冒伪劣产品等。在球员转会过程中，公开公正、公平交易，充分保证利益相关主体的知情权。只有俱乐部切实杜绝诸如"打假球""合同造假""拖欠薪水"等现象，才能抵制各种低劣不良文化的侵蚀，继而才能把握好诚信文化建设方向，

---

[1] 陈宗弟，陈裕，章淑慧，等. 构建以诚信文化为核心的足球软实力——基于足坛打假反黑风暴的思考[J]. 武汉体育学院学报，2011，45（7）：21-24.

提升自身的外在形象，扩大业内的影响力和社会关注度。俱乐部要行稳致远，须坚持诚信经营，牢记法律红线不可逾越、道德底线不可触碰，同时树立以诚实守信为荣、以见利忘义为耻的俱乐部文化，强化诚信经营意识，通过提供高质量的产品和竞赛表演服务打造俱乐部靓丽的品牌形象。

(二）践行社会和谐文化

和谐文化是我国创建社会主义和谐社会的前提条件。我国社会主义和谐社会的创建离不开所有公民的共同努力和积极营造。由此，俱乐部践行社会和谐价值观也是其应承担的社会文化责任。俱乐部要想获得良好的发展，需要与股东、运动员、教练员、员工、政府、体育协会、赞助商及社区、新闻媒体等利益相关主体和谐共处。俱乐部只有对利益相关主体切实负起社会责任，才能真正形成与和谐相统一的社会文化价值观，进而才能实现与社会的和谐共生。我国社会主义和谐社会建设强调"以人民为中心"的发展思想，要求妥善处理和协调各方面的利益关系。从这个意义上讲，俱乐部要弘扬和践行社会和谐文化，应坚持"以人民为中心"的用工文化。善待包括运动员、教练员、管理人员等在内的职工是俱乐部践行和谐文化的直接途径。为此，俱乐部除要遵守《中华人民共和国劳动法》《中华人民共和国劳动合同法》等相关法律中关于劳动保护和福利待遇的规定外，还应从文化层面加强对职工的保护和关爱。例如，改善运动员训练装备、场地设施和生活环境，注重对运动员的感情投入和人文关怀，营造和谐、愉悦的工作环境和氛围，从内心深处激发运动员训练竞赛的积极性，强化运动员的社会责任感和文化认同感。此外，应主动寻找与赞助商、新闻媒体、社区等外部利益相关主体的利益契合点，在此基础上，积极履行对其应负有的社会责任，建立和谐稳定的社会关系。例如，俱乐部可根据所在社区居住人群的特点和需求，把和谐文化元素融入相关体育文化活动，辐射到社区开展，拉近俱乐部与社区居民的心理距离，践行以人为本的和谐发展观。

(三) 传播先进体育文化

体育文化是人类在社会生活和体育运动实践中创造和积累出来的，引领体育随着社会生活环境的变化而变化，使其始终保持与人民群众的血肉联系。任海教授认为，体育文化是人类社会体育的观念、知识和制度的复合体，并呈现出赶超体育文化、商业体育文化以及惠民体育文化的"三化并存"发展格局[1]。在我国经济社会发展进程中，俱乐部担负着弘扬与传播先进体育文化的使命和重任。第一，参与国际体育赛事是俱乐部积极传播赶超体育文化的重要途径。每逢奥运会、世界杯、世锦赛等国际大赛，部分项目国家队从各职业体育俱乐部中遴选运动员代表中国参加各类国际竞技比赛，运动员在国际赛场比拼技艺、勇于争先，不但弘扬"更快、更高、更强——更团结"的体育精神，还能展现国家形象和大国风采，增强国家凝聚力和民族自豪感。第二，在我国社会主义经济体制持续转型过程中，商业体育文化也在快速崛起，正逐步形成独特的体育文化样态，成为中国经济发展新的增长点。由此，职业体育的观赏价值大放异彩，观看或现场参与中超、CBA等各类职业联赛日益成为人民群众的文化生活需求，联赛俱乐部应积极参与职业联赛建设改革，努力提高联赛竞技水平和精彩程度，在提升俱乐部经济效益和品牌价值的同时，不断满足人民群众的竞赛观赏需求。第三，《全民健身计划（2021-2025年）》提出，要构建更高水平的全民健身公共服务体系，更好满足人民群众的健身和健康需求[2]。突出人民群众基本的健身和健康需求，真正做到"惠民生、解民需"，在此过程中，惠民体育文化得到淋漓尽致的展现。俱乐部应积极参与全民健身大潮流，深入社区、中小学校，充分发挥自身资源优势，组织举办或协办体育赛事活动，使社区群众和青少年感受体育的魅力，满足其对参与体育比赛的需求，将全民健身推向深入。

---

[1] 任海. 聚焦生活，重塑体育文化 [J]. 体育科学, 2019, 39 (4)：3-11.
[2] 国务院. 全民健身计划（2021-2025年）[Z]. 2021-08-03.

四、社会建设责任

保障和改善民生水平，不断加强和创新社会治理是我国社会建设的主要内容。企业在社会建设过程中扮演着越来越重要的角色。从本质上看，俱乐部社会责任建设就是在实现自身发展和盈利目标的基础上，处理好其与内部和外部利益相关主体的关系，它与社会建设具有高度的一致性。作为存在于社会的俱乐部，积极履行社会建设责任也成为其健康发展的时代任务。俱乐部通过主动参与、协助政府处理社会事务的方式履行其社会建设责任。根据俱乐部自身特点，结合专家观点，本研究将俱乐部的社会建设责任归纳为两方面：投身公益慈善事业、服务城市社区建设。

（一）投身公益慈善事业

党的十八大以来，我国社会保障体系建设取得了较为明显的成效，脱贫攻坚取得全面胜利，人民获得感显著增强，但受经济社会发展水平等诸多因素的限制，民生领域还存在不少的短板。社会公益慈善事业作为社会保障体系的重要组成部分，俱乐部应积极参与其中。国外几乎所有的职业俱乐部都以各种形式参与社会公益慈善活动[1]。投身社会公益慈善事业是俱乐部履行社会建设责任的重要内容。其一，俱乐部应充分利用自身优势资源，深入社区、学校、球迷协会、业余俱乐部等开展公益活动，在能力范围内惠及更多人群，推动公益事业发展。例如，到社区指导群众健身锻炼、与中小学校合作开展教育培训活动、与业余俱乐部合作开展基层教练培训活动、到残疾人或问题青少年等特殊人群聚集区开展心理咨询、社交技能培训和行为教育等社会融入活动、深入相对贫困地区开展智力扶贫以及组织明星球员开展公益讲座宣传体育文化、参加义工活动等。其二，俱乐部应在自身经济能力范围内，围绕国家亟须、社会难题和突发事件，积极制订捐赠计划，开展慈善捐

---

[1] 杨献南. 我国职业体育俱乐部社会责任研究：演进·问题·路径［J］. 山东体育学院学报，2020，36（6）：8-15.

赠活动，在奉献回报社会的同时，树立良好的社会形象。例如，捐资建造比赛场馆、修缮破旧体育场馆、捐赠体育器材设施、修建城市体育公园、到贫困地区参加捐赠慰问活动、对遭受到重大自然灾害（地震、雪灾、水灾及旱灾等）地区开展紧急援助、与政府开展合作支持全民健身事业发展等。从长远来看，开展社会公益慈善活动不仅能产生明显的社会效益，还对俱乐部长期健康发展具有显著的促进作用。

（二）服务城市社区建设

任何俱乐部的发展都离不开其赖以生存的城市社区。尽管俱乐部带来的影响可能是全球性的，但活动的中心区域仍在其所在城市社区，且所在城市社区一定程度上决定了俱乐部的规模和发展机会[1]。俱乐部与所在城市社区之间应建立合作伙伴关系，城市社区为俱乐部的生存发展提供了肥沃土壤，俱乐部承担服务城市社区建设的责任也就理所应当。俱乐部通过改善所在城市社区的体育基础设施和居民的整体生活水平，有助于提升俱乐部的经济效益和品牌认同感。俱乐部在服务社区建设过程中，应依据自身实际和发展需求，积极在社区开展公益慈善活动，为社区居民提供健身指导、明星球员和教练员进社区、举办体育竞赛活动、体育场馆共享等相关服务，满足社区居民的体育需求，引领和促进全民健身。同时俱乐部与社区学校建立长期的人才培养合作关系，共同开展青少年教育活动。根据伦敦大学 Birkbeck 学院（2011）研究中心的调查[2]，超过89%的俱乐部与所在社区的中小学共同开展青少年教育培训活动，如英国某俱乐部与大曼彻斯特各地区的小学合作，提供有组织的指导课程，还有超过81%的俱乐部推出社区青年发展计划，为青年的成长成才提供优质服务。俱乐部在服务城市建设中，应认真落实所在

---

[1] 周爱光，闫成栋．职业体育俱乐部社会责任的特征与内容［J］．北京体育大学学报，2012，35（10）：6-9．

[2] Breitbarth. Scoring strategy goals: Measuring corporate social responsibility in professional European football [J]. Thunderbird Int Bus Rev, 2011, 53 (6): 721-737.

城市就业相关政策,主动提供体育相关就业岗位(包括固定型岗位与主场比赛日的临时性工作岗位),扩大就业人员的吸纳范围,缓解所在城市就业压力,发挥其在促进就业方面的积极作用。此外,俱乐部还应担负起打造所在城市品牌形象,提升城市知名度的重任。通过将城市文化融入品牌赛事,强化其与所在城市特有文化的内在关联,运用现代新传播媒介将其迅速扩散,植入人们对城市的品牌认知,打造特有的城市品牌形象,提升知名度。例如,在2015年亚冠决赛中,广州某俱乐部对阵阿联酋某俱乐部,比赛海报将五羊石像、广州塔等著名地标建筑组合成"广州"二字,特色鲜明地体现羊城特色文化[1],提升了广州市的知名度和影响力。

五、社会生态责任

人类在进行任何活动时,都必须尊重自然、顺应自然、保护自然,必须考虑人与自然的和谐发展。体育作为人类的一种实践活动和生活方式,其对生态环境的影响也日渐进入人们的视野。2021年1月,习近平总书记在北京2022年冬奥会和冬残奥会工作汇报会上强调:"认真贯彻新发展理念,把绿色办奥、共享办奥、开放办奥、廉洁办奥贯穿筹办工作全过程"。"绿色办奥"这一理念深刻诠释了体育与生态环境建设的关系,凸显出党和国家对加快生态文明建设的高度重视和坚定信念。从国外来看,国际奥林匹克委员会、国际足联、职业体育联盟、职业俱乐部等都在倡导与践行环境保护、节能减排,尽可能减少因体育赛事举办而对自然环境产生的负面影响[2]。作为我国体育事业发展的重要主体之一的俱乐部,也应积极承担社会生态责任,包括倡导生态体育理念、落实节能减排行动。

---

[1] 冯晓露,白莉莉,仇军.广州足球产业促进城市发展经验及启示 [J].体育文化导刊,2020(7):92-98.
[2] 金丽燕,徐开娟.体育赛事对环境的影响及绿色体育实践举措 [J].上海体育学院学报,2015,39(4):12-17.

（一）倡导生态体育理念

生态体育并非是新生事物，但却是体育可持续发展的一个重要理念。生态体育是以人与自然、人与社会、人与自身和谐共生、良性循环为宗旨的联系或活动，追求内在、整体、动态的和谐[1]。概而言之，"人、自然与体育"三者的互融共生、和谐相处是生态体育理念的核心内涵。对俱乐部来说，积极倡导生态体育理念既是其履行社会生态责任的体现，也是对其持续健康发展的内在要求。由此，俱乐部追求盈利最大化的同时，也应当注重对自然生态的保护，注重社会效益。一方面，在俱乐部内部以主题的形式开展生态体育理念的宣传，提升运动员、教练员等职工的思想认识，并通过建立激励机制鼓励职工养成"节约资源、保护环境"的生活观念和日常行为，使这一理念逐步内化为职工环境保护的自觉行动，而后自内向外辐射影响更多的群体，包括球迷、赞助商、社区居民、青少年等，引导他们在从事体育相关活动过程中热爱自然、保护自然，形成绿色健康的体育生活方式，将我国社会主义生态文明建设推向深入。另一方面，俱乐部在开展任何经营活动时都应以不影响环境、不浪费资源为前提，坚守《城镇排水与污水处理条例》《中华人民共和国固体废物污染环境防治法》《建设项目环境保护管理条例》《城市市容和环境卫生管理条例》等相关法律条例中关涉环保、节能条款的底线规定，不违背生态文明建设的各项要求，以身作则，积极践行体育生态化，实现俱乐部经济效益与生态建设的共赢。

（二）落实节能减排行动

坚持节约优先、保护优先、自然恢复为主的方针，形成节约资源和环境保护的空间格局、产业结构、生产方式、生活方式，是党的十九大对建设美丽中国的总体要求和行动指南。落实节能减排行动既是俱乐部对社会生态责任的有力践行，也是推进生态文明建设的重要举措。俱乐部作为服务型企业，与一般

---

[1] 孟亚峥. 生态体育与全民健身的融合发展研究 [J]. 体育文化导刊, 2014 (11): 31-33; 45.

生产型企业不同，其在经营与组织管理过程中出现的环境问题往往容易被人们忽视。仔细考究起来，俱乐部实际在节能减排方面既大有可为，也大有作为。俱乐部应建立环境保护委员会，负责制订节能减排发展战略和年度实施计划，着力推进绿色发展、低碳发展、循环发展，加强各种节能环保设施的投入和建设，为污染物处理、资源的循环利用等环保设施预留足够的空间，同时应监控水资源的消耗情况以便适时调控，最大限度减少污染物的排放。例如，美国NFL某俱乐部与自然资源保护协会（NRDC）建设了环保体育场，主要用于提升水资源、能源利用效率和循环利用，该场馆使用的电力来自可再生能源，所有用品都可回收，于2013年被授予LEED建筑认证[1]，成为绿色能源场馆的标杆；英超某俱乐部通过与某能源公司合作，支持绿色能源使用和环境可持续发展，如通过无水小便池减少用水量，设置水龙头最小化自动运行时间，将食物残渣回收至厌氧回收中心，利用传感器控制场馆和办公室的用电量等，自2016年以来该俱乐部的CO_2排放量减少了1070万千克，LED灯消耗的电能降低了30%[2]。虽然建设节能环保设施需要大量的资金投入，可能会给俱乐部造成短期的经济压力，但从长期来看，却能使俱乐部实现健康、可持续发展。

第四节　新时代中国职业体育俱乐部社会责任体系的三维模型透视

新时代"五位一体"总体布局下的中国职业体育俱乐部社会责任体系构建为我国俱乐部全面履行社会责任提供了指导框架。总体来看，该体系只反映了我国职业俱乐部社会责任的履行内容，而要想使这个体系框架富有现实解释力，能够真正落到实处，就必须赋予其理论内核，唯此，才能使体系由平面向立体转变。

---

[1] NATIONAL RESOURCE DEFENSE COUNCIL. Game changer-How the sports industry [EB/OL]. [2021-08-15]. http://www.nrdc.org/greenbusiness/guides/sports/game-changer.asp.

[2] ARSENAL FOOTBALL CLUB PLC. Renewable energy-partnership with octopus energy [EB/OL]. [2021-08-15]. https://www.arsenal.com/news/renewable-energy-partnership-octopus-energy.

一、新时代中国职业体育俱乐部社会责任体系的理论内核

关系契约理论的核心是当事人之间形成的关系共同体与交换过程。当利益主体之间的交换关系表现出较强的关系特征时，关系契约就会形成。新时代中国职业体育俱乐部社会责任的实现可被视为一种关系契约中俱乐部与其利益相关主体之间的互动过程，且构建新社会责任体系过程并未改变其与利益相关主体之间的契约关系，甚至还清晰地展现出不同类型或规模的俱乐部在不同社会责任领域与不同利益相关主体之间的契约关系。

美国社会学家Granovetter（1973）在《弱关系的力量》中提出"关系强度"的概念[1]，之后Nooteboome和Gilsing（2004）首次运用"关系强度"的概念解释和评价了关系契约中利益相关主体之间的合作关系，并将"关系强度"表述为一种人与人、组织与组织的相互交流和接触而形成的纽带联系[2]。从本质上看，"关系强度"体现的是一种"语境主义"[3]，不同的语境会产生差异化的立场。由此，对于契约的缔结和履行，就必须既要考虑俱乐部及其利益相关主体所处的具体社会情境，还要考虑俱乐部与社会之间实际的互惠过程。传统的契约关系表现为一种简单、非重复性的市场交换关系，交易双方的纽带联系弱，并缺乏建立长期的互惠关系。而俱乐部社会责任的履行属于关系契约，表现为嵌入性关系。强关系体现对特定关系安排的关系性嵌入，弱关系则注重在整个关系网络中的结构性嵌入[4]。俱乐部与利益相关主体以嵌入性关系建立的联系具有互惠预期和信任基础。从这个角度看，俱乐部承担社会责任必须区分不同的履责对象，同时也须考虑不同规模（履

---

[1] Granovetter M S. The strength of weak ties [J]. American Journal of Sociology, 1973, 78 (6): 1360-1380.

[2] Bart Nooteboome, Gilsing. Density and strength of ties in innovation networks: A competence and governance view [EB/OL].[2021-08-17]. http://papers.ssrn.cm/so13/papers.cfm?abstract_id=496711.

[3] 孙良国. 关系契约理论导论 [M]. 北京: 科学出版社, 2008.

[4] Burt R. L. The contingent value of social capital [J]. Administrative Science Quarterly, 1997, 42: 339-365.

责能力）俱乐部与社会互动关系的强弱差异。换言之，俱乐部的不同规模及其与利益相关主体之间关系的强弱程度不同，应该承担不同的社会责任，抑或对其履责要求应有所不同。俱乐部的利益相关主体指那些通过直接或间接的方式与俱乐部产生互动的群体或个体，其内部和外部的各利益相关主体通过契约连结成一张内外镶嵌的关系网络。根据不同利益相关主体在关系网络中的结构分布，可将利益相关主体分为内部利益相关主体和外部利益相关主体，其中外部利益相关主体又可分为价值链利益相关主体和非价值链利益相关主体（图3-5）。内部利益相关主体包括股东、运动员、教练员等；价值链利益相关主体包括消费者（球迷）、赞助商、债权人等；非价值链利益相关主体包括政府、体育协会、社区、新闻媒体等。

从关系契约和关系强度视角深入分析俱乐部社会责任承担中其与利益相关主体之间的关系，发现俱乐部的发展程度越低、规模越小，利益相关主体就越依赖俱乐部，俱乐部的利益分配格局往往越倾向于与其建立直接关系的利益相关主体（内部利益相关主体和价值链利益相关主体）之间的分配，而很少关注非价值链利益相关主体的利益需求，体现为只注重履行法律义务和基本经济责任，对社会承担的道德伦理责任则十分有限。相反，如果俱乐部发展程度越高、规模越大，往往与社会建立起越广泛的关系和利益共享机制，不仅重视内部和价值链利益相关主体诉求，还高度关注非价值链利益相关主体的利益需求，体现为注重协调推进"五位一体"社会责任履行。正如一个顶级俱乐部和一个小型俱乐部，它们对社会产生的影响有很大差异，承担的社会责任理应有所不同。不同国家的社会问题不同，社会责任也会有差异[1]。因此，新时代中国职业体育俱乐部社会责任体系在落实过程中，不应采取"一刀切"的方式对所有俱乐部作出统一的规制和要求。俱乐部社会责任的履行也不可能完全依靠政府的行政强制，而很大程度上依赖于非正式的

---

[1] 乔治·斯蒂娜，约翰·斯蒂娜. 企业、政府与社会 [M]. 张志强，王春香，译. 北京：华夏出版社，2002.

方式治理，通过关系契约实现对社会责任的有效治理。由是观之，针对不同规模（履责能力）的俱乐部采取不同的引导策略，对不同利益相关主体作出不同层次的俱乐部社会责任履行要求，符合关系契约理论的精髓要义和方法论要求。

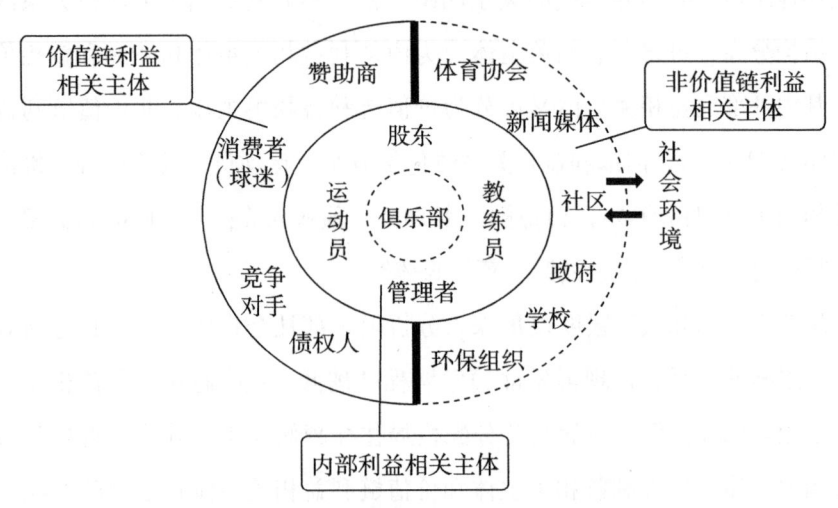

图 3-5 网络视角下的俱乐部利益相关主体的分类

二、新时代中国职业体育俱乐部社会责任体系的三维应用模型

在赋予了新时代中国职业体育俱乐部社会责任体系以理论内核后，该社会责任体系的内涵得到极大丰富，现实解释力也显著增强。与既有单维度平面展开的俱乐部社会责任体系不同，新时代"五位一体"总体布局下的俱乐部社会责任体系，除履责对象的广泛性外，履责主体的层次性和履责领域的开放性决定了这一新的俱乐部社会责任体系是一个展现时代特征和中国方案的、多维度、立体化的责任体系。为了直观地展现新时代"五位一体"总体布局下的俱乐部社会责任体系的整体轮廓，本文将俱乐部社会责任的履责主体、履责内容和履责对象视为三个变量，并结合前文分析，以俱乐部的履责内容为 x 轴、履责主体规模为 y 轴、履责对象为 z 轴，确立了新时代中国职业

第三章 新时代中国职业体育俱乐部社会责任体系构建

体育俱乐部社会责任三维坐标体系，三个变量相互垂直，共同构成了该体系的立体化模型（图3-6）。

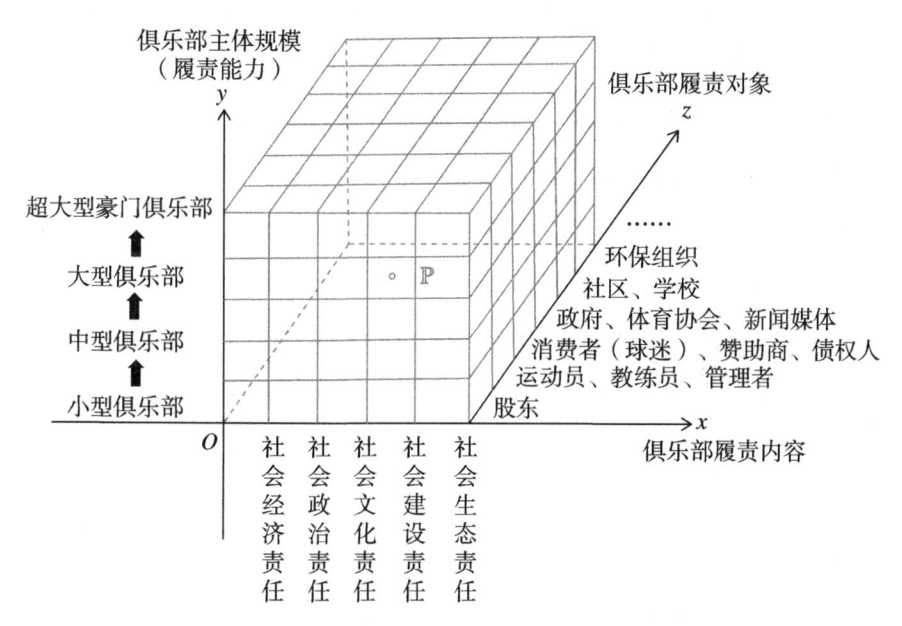

图3-6 新时代中国职业体育俱乐部社会责任体系的三维立体化模型

新时代俱乐部社会责任体系模型的 x 轴代表"五位一体"的俱乐部履责内容。按照对俱乐部社会责任履行要求的不同，依次为社会经济责任、社会政治责任、社会文化责任、社会建设责任及社会生态责任。从逻辑上看，这五大社会责任领域并非简单并列的逻辑关系。社会经济责任是俱乐部最应当承担的基本社会责任，也是履行其他社会责任的基础和前提。其他四大社会责任领域则由俱乐部根据自身规模、发展程度等情况，在承受能力范围内开展履责行动。

新时代俱乐部社会责任体系模型的 y 轴代表俱乐部的规模或履责能力。一般情况下，俱乐部规模的不同往往决定其履行社会责任的能力不同。按照俱乐部规模的大小，可分为小型俱乐部、中型俱乐部、大型俱乐部和超大型豪门俱乐部。对小型俱乐部来说，能够承担其社会经济责任，遵守法律条例规定，满足股东、运动员等内部利益相关主体的利益需求就已经承担了基本的社会责任。随着俱乐部规模的扩大，履行社会责任的能力也将逐步增强。对中型俱乐部来说，除了承担基本的社会经济责任外，还应当在其能力范围内承担更多的社会政治责任、社会文化责任、社会建设责任和社会生态责任。而对大型或超大型豪门俱乐部，其承担的社会责任在广度和深度上都应超过中小型俱乐部。当然，需要说明的是，小型俱乐部并非只承担社会经济责任而无须承担其他社会责任，具体到底承担多大程度的社会责任关键在于俱乐部的履责能力是否与其要履行的社会责任相匹配。从这个意义上看，俱乐部的规模与其履行多大范围和程度的社会责任并没有绝对必然的因果关系。此外，对于国有控股的俱乐部大多数为大型或超大型豪门俱乐部，其在承担社会责任上更应走在俱乐部前列，在五大社会责任领域中发挥引领作用，服务国家社会发展大局。

新时代俱乐部社会责任体系模型的 z 轴代表俱乐部的履责对象。前文已述，俱乐部内部和外部的各利益相关主体通过契约联结成了一张内外镶嵌的关系网络，而这些利益相关主体在关系网络中所处的位置不同，以至于他们与俱乐部的关联性也不相同。俱乐部与不同利益相关主体之间的距离是由两者之间的关系强度决定的。通常情况下，与外部利益相关主体相比，内部利益相关主体与俱乐部的距离更近，它们之间的关系更紧密。因此，俱乐部应当首先满足内部利益相关主体的利益需要，并且在优先满足股东对经济利润追求的同时，对运动员、教练员及管理人员履行充分的社会责任，满足他们的生存和发展需求。对俱乐部的外部利益相关者来说，俱乐部仍然以关系契约的方式与之建立相应联系，其中消费者（球迷）、赞助商、债权人等为价值链利益相关主体，他们与俱乐部之间的关系更为直接、利益联结更为紧密，关系强度相对更高。而像体育协会、新闻媒体、政府等虽为非价值链利益相关主体，但俱乐部仍需直接依靠他们才能获得健康持续发展，因而，相比社区、学校等其他非价值链利益相关主体，前者与俱乐部的关系更紧密。一般而言，与俱乐部之间的关系越紧密，俱乐部的履责范围越宽、责任越大；反之，与俱乐部之间的关系强度越低，俱乐部的履责范围越窄、责任越小。

总之，通过对新时代中国职业体育俱乐部社会责任体系模型的透视发现，职业俱乐部社会责任所涉及的各个要素之间的逻辑关系以具体模型的方式清晰地呈现出来。具体来看，俱乐部社会责任的履责强度与履责对象的扩充、履责范围的扩展之间存在正比例关系，即随着俱乐部规模的逐步扩大，俱乐部社会责任承担的范围和领域将逐步拓宽，俱乐部的履责对象也将不断扩充。中国社科院大学企业社会责任研究中心调查结果显示，企业规模与社会责任指数成正比，企业规模越大，社会责任指数越高[1]。这充分印证了新时代"五位一体"总体布局下中国职业体育俱乐部社会责任体系三维模型的科学性。

本章小结

采用文献资料法、逻辑分析法、德尔菲法及问卷调查法等研究方法，在分析已有俱乐部社会责任体系的基础上，以国家现代化建设"五位一体"总体布局为指导框架，构建出了新时代中国职业体育俱乐部社会责任体系，并以关系契约为支撑，确立并解释了新时代中国职业俱乐部社会责任的三维应用模型。

①基于国外理论构建的社会责任"同心圆"体系、"金字塔"体系和"层级"体系对我国职业体育俱乐部履行社会责任产生了重要的促进作用，但这些体系构建的过程却忽视了或没有充分考虑中国特殊的时代背景和社会环境，削弱了"体系"的本土适应性和现实解释力，难以满足新时代俱乐部社会责任发展要求。

②在国家现代化建设"五位一体"总体布局指导下，构建了新时代中国

---

[1] 黄群慧，彭华岗，钟宏武，等. 中国企业社会责任刚起步 [N]. 社会科学报，2009-11-05 (2).

职业体育俱乐部社会责任体系，其中包括社会经济责任、社会政治责任、社会文化责任、社会建设责任及社会生态责任五大领域，寻求盈利保障自身经济效益、遵守法规维护多方主体利益是社会经济责任；融入与服务国家队建设和对外人文交流、维护国家社会安全稳定是社会政治责任；培育诚信经营文化、践行社会和谐文化、传播先进体育文化是社会文化责任；投身公益慈善事业和服务城市社区建设是社会建设责任；倡导生态体育理念、落实节能减排行动是社会生态责任。

③以关系契约为理论支撑，将新时代中国职业俱乐部社会责任体系立体化和模型化，清晰呈现出履责内容、履责主体与履责对象之间的逻辑关系。具体来看，俱乐部社会责任的履责强度与履责对象的扩充、履责范围的扩展之间存在正比例关系，即随着俱乐部规模扩大，其履责范围将扩展，履责对象将扩充，相应地履责强度也随之升高。

第四章

国外职业体育俱乐部社会责任主要内容、治理经验及启示

　　自社会责任理念传入我国以来，企业社会责任实践稳步推进。然而，从整体来看，企业社会责任在我国职业体育组织发展中的嵌入度依然不尽如人意。一方面是受我国经济发展水平、体育文化氛围等基本国情所限，另一方面是由于职业体育在我国的发展根基尚浅，职业体育组织社会责任在理念、管理、内容及绩效评价等诸多方面都缺乏科学的方法体系，致使我国职业体育俱乐部社会责任实践开展受阻。与我国俱乐部相比，NBA 俱乐部、J 联赛俱乐部作为世界一流的职业体育俱乐部，不仅有着出色的盈利能力，而且在体育、教育、社会融入及安全与保障等方面的履责实践中也取得了良好成效，形成了较为完善的社会责任治理体系。我国职业体育俱乐部社会责任实践要想实现"赶超式"发展，亟须学习与借鉴 NBA、J 联赛等俱乐部的先进经验。基于此，本章对 NBA、J 联赛俱乐部社会责任的主要内容、治理经验进行梳理与归纳，并立足我国国情，提出对我国职业体育俱乐部社会责任发展的有益启示。

第一节　NBA 俱乐部社会责任的主要内容及治理经验

一、NBA 俱乐部社会责任发展的现实背景

(一) 社会责任理念在美国企业发展中的持续嵌入

1924 年，英国学者 Oliver Sheldon 在美国进行企业考察时首次提出企业社会责任这一概念，认为企业应具有满足企业内外人群需要的责任，道德因素也应包括在内。虽然这一观点在当时并未形成理论框架，但引发了学者们对企业社会责任概念的有益探讨。1953 年，美国学者 Howard R. Bowen 在其撰写的《商人的社会责任》一书中正式提出："企业除赚取利润之外，还应承担社会责任"。由于其论述的出发点是在欧美社会具有深厚基础的基督教伦理，因此该观点得到了很多学者的认同。1991 年，Archie B. Carroll 提出了著名的企业社会责任金字塔模型，认为企业的社会责任是一个包含经济责任、法律责任、伦理道德责任的整体。该观点的提出，一方面消弭了社会中秉承"股东利益至上"观点的群体的反对意见，另一方面拓展了责任内容范围。金字塔模型迎合了当时以民权运动为代表的主流思潮，受到企业社会责任支持者的拥护，环境责任在当时环保运动的影响下也被纳入其中，形成了经济、社会、环境"三重盈余"的企业社会责任理论。然而，传统的社会责任观点总是不可避免地使企业的履责行为具有被动性，难以突出企业在社会责任实践中的主体作用。20 世纪 90 年代，治理的概念诞生于公共管理学领域。一些西方学者认为国家强制力对于社会的管理是有限的，许多社会问题的解决需要由一种内涵更加丰富、管理主体更加多元的管理活动来实现[1]。1995 年全球治理委员会明确提出，治理是或公或私的个人和机构经营管理相同事务的诸多方式的总和。它是使相互冲突或不同的利益得以调和并且使相关方采取联

---

[1] 俞可平. 全球治理引论 [J]. 马克思主义与现实, 2002 (1): 20-32.

合行动的持续的过程，包括有权迫使人们服从的正式机构和规章制度，以及非正式的制度安排。随着治理理论的持续发展，企业对社会责任的认知由"履行"向"治理"转变，企业的主体性与主动性得到进一步强化。

(二) NBA 联盟的形象危机

基于体育在社会中的重要地位，体育企业往往能够通过著名运动员与俱乐部的"明星效应"取得良好的社会责任治理成效。然而，随着数字媒体的迅猛发展及体育企业社会影响的逐步深入，体育企业的负面事件也在广泛的社会监督前无处遁形。NBA 联盟历史上有两次由球员引发的公众信任危机：一是 20 世纪 80 年代初，球队规模的扩张与球员身价的提高使联盟与各俱乐部疏于管理，曝出了 NBA 球员打架斗殴、吸毒、犯罪等事件，这一系列负面事件的发生使 NBA 联盟与俱乐部的公众形象急转直下，严重削弱了球迷和消费者群体的支持与信任。二是 21 世纪初，NBA 球员的道德素质问题再次引发关注，起初表现为几次场外逮捕和几次比赛中的暴力冲突。直至 2004 年 11 月 19 日，NBA 发生了臭名昭著的"奥本山宫殿事件"——几名 NBA 球员在球场和看台上与球迷发生了暴力冲突。事后，5 名 NBA 球员和 7 名球迷受到了犯罪指控。这场比赛在新闻、杂志和娱乐与体育电视网（ESPN）、福克斯体育等网站上被大肆宣传。一时间，NBA 球员在球迷心中的形象遭到严重损坏，联盟与各俱乐部的声誉也濒临崩溃。此后，NBA 联盟与各俱乐部一直试图重建形象，但收效甚微。2005 年，在 NBA 公信力跌至冰点的生死攸关时刻，联盟发起了 NBA 关怀行动（NBA cares）项目，该项目是 NBA 的全球社会责任计划，其使命是解决美国和世界各地的重要社会问题，责任范围涉及教育、环保、健康、社区和青年发展等方面。在此过程中，NBA 各俱乐部积极响应并参与社会责任治理。虽然 NBA 关怀行动项目是 NBA 首次发起的官方社会责任项目，但纵观其发展历程，社会责任治理实践始终有迹可循。

二、NBA 俱乐部社会责任的主要内容

参考 ISO 26000《社会责任指南》中社会责任的核心主题，结合 NBA 俱乐部履责情况，分别从七个方面对 NBA 俱乐部履责内容进行梳理与归纳。

（一）组织治理

ISO 26000 对组织治理的定义：组织为实现其目标而制定和实施决策的系统，包括正式治理机制与非正式治理机制，通常受到组织领导层的影响。NBA 能在长达 70 年的发展历程中顽强生存、几度化险为夷并取得巨大成功，得益于各俱乐部高水准的内部组织治理。第一，专业高效的组织领导结构。由股东组成的股东大会是 NBA 各俱乐部的最高权力、决策和监督机构，其下设的各类部门负责决策的具体实施。以俱乐部总经理为首的高级管理层负责执行决策，履行俱乐部的经营权[1]。分工明确、专业高效的最高权力机构在激励和约束高级管理层的同时，接受其民主监督与反馈，为俱乐部的有效治理奠定了组织结构基础。第二，勇于创新的组织规章制度。NBA 发展初期，由于竞赛规则与制度不完善，比赛观赏性较低，几年后便有俱乐部相继破产或濒临搬迁。此后，各俱乐部召开会议进行了一系列大刀阔斧的改革：比赛规则方面，加入进攻 24 秒限制、设置三分线和扩大三秒区、提高犯规处罚力度，保证比赛的激烈程度和观赏性；赛事制度方面，通过统计比赛数据、颁布着装令等措施，提高观众的比赛参与水平、优化球员和俱乐部形象。科学的组织治理为 NBA 各俱乐部带来了赖以生存的经济效益，也塑造了其独特的品牌形象[2]。

---

[1] 张瑞林，张新英. NBA 联盟价值管理对我国职业体育发展的启示——基于治理、管理、经营和盈利模式的视角[J]. 天津体育学院学报, 2015, 30（6）：461-466.

[2] 马蕊，樊红岩，柳鸣毅. 美国职业篮球联赛赛事品牌的历史演进[J]. 体育文化导刊, 2016（8）：188-193.

（二）人权维护

《世界人权宣言》将人权定义为所有人与生俱有的权利，不分种族、性别、性倾向、国籍、族裔、语言、宗教或任何其他身份地位，包括生命和自由的权利、获得工作和教育的权利等权利。NBA俱乐部对人权的维护主要集中于女性比赛参与和种族歧视两方面。第一，女性的比赛参与问题。20世纪70年代前，美国女性只能以观众的身份参与篮球比赛，20世纪70至90年代，美国出现了一些女子职业篮球联赛，但由于经费不足、管理较差和社会影响度低等原因陆续破产。为维护女性参与职业篮球的权益，NBA各俱乐部于1996年集体资助指导成立了全国女子篮球联盟（WNBA）。如今，WNBA的规模已扩大到12支球队，拥有完备的规章制度和品牌文化，并发起了WNBA关怀行动（WNBA cares）社会责任项目，为女性参与社会责任治理提供了良好的平台。第二，针对NBA存在的种族歧视问题，NBA各俱乐部主要通过引入外籍球员、严惩种族歧视行为等措施加以解决[1]。

（三）劳资协调

针对劳资纠纷问题，NBA俱乐部的解决措施主要是联合承认球员工会和颁布《劳资协议》。早期的NBA各俱乐部对于球员的医疗、养老及薪资保障水平较低，球员劳动所得总量较少。1964年，由NBA球员发起的国家篮球运动员协会（NBPA）正式被各俱乐部承认，NBPA由国家劳工局认证关系委员会认可并成为所有NBA球员的集体谈判代表，通常以《劳动法》为依据代表球员集体裁判，保障球员的就业权利、福利待遇及劳动条件等方面的合法权益。例如，2011年5月NBA球员工会正式向美国劳动仲裁机构提交了诉讼，控告NBA部分俱乐部在新的劳资谈判当中采用恐吓和威胁等手段，逼迫球员工会签下对球员们不利的新劳资协议，并最终与联盟谈判，促成了新劳资协

---

[1] Grundy P, Nelson M, Dyreson M. The emergence of basketball as an American national pastime: from a popular participant sport to a spectacle of nationhood [J]. The international journal of the history of sport, 2014, 31 (3): 136-152.

议。《劳资协议》是指 NBA 各俱乐部（30 支球队的老板）同球员工会（代表所有球员）之间就球员合同规则、市场交易、收入分配、选秀、工资帽以及其他事项所达成的一份协议。协议决定，在球员薪资制定方面，NBA 主要实行工资帽、奢侈税等制度，在维持不同球队竞争力的情况下，保障了大部分球员的利益。在球员合同方面，主要有顶薪、底薪、拉里伯德条款和双向合同等签约形式，满足球员和俱乐部的需要。在球员转会与解约方式上，包括球队交易、先签后换、裁员、买断等方式，既保证了球员的工资收入，也为俱乐部人员调整提供了操作空间。

（四）环境保护

NBA 俱乐部主要通过参加联盟发起的 NBA 环境保护（NBA Green）项目、签署气候协定、资金援助等方式参与环境保护。NBA Green 是 NBA cares 中的项目之一，通过该项目，NBA 各俱乐部与美国绿色体育联盟合作获取经费，并通过相关措施，帮助其利益相关者提升环境保护意识，优化俱乐部内部运营结构，从而减少对环境的不良影响。例如，所有承办 NBA 全明星赛事的俱乐部场馆都 100% 由可再生能源供电，斯台普斯中心安装了 1727 块太阳能板和 24190 平方英尺的太阳能光伏板[1]；10 支 NBA 球队赛场已获得美国绿茵建筑委员会颁发的能源与环境设计先锋（LEED）认证，18 支 NBA 球队的球馆加入了绿色体育联盟，以推进环境管理；各球队致力于绿化工作，帮助减少资源浪费，提高比赛场馆的运作效率。2016 年 4 月，在美国签署《巴黎气候变化协定》的背景下，NBA 部分俱乐部也签署了《体育促进气候行动原则》，将气候治理全面纳入自身计划、活动、采购、基础设施和通信等业务战略，例如，在基础设施建设方面，全面采用节能照明、节能空调、节能建筑围护结构及替代能源等，以此承担其对提高环境持续性和应对气候变化领域的基本责任。同时，NBA 部分俱乐部还与国际资源保护委员会建立了合作关

---

[1] Goulding C, Goldman J, Goulding T. National basketball association (NBA) and energy tax savings [J]. Corporate business taxation monthly, 2009, 11 (1): 11-34.

系，目标是减少负面生态影响，帮助全世界的球迷了解环境保护。此外，一些俱乐部还通过捐赠物资等方式对一些国家和地区的环境污染问题进行协助治理。

（五）公平运营

NBA俱乐部公平运营体现在多方面。首先，从企业性质上讲，NBA联盟是一家由各俱乐部基于契约关系组成的私营企业[1]，联盟与俱乐部的运营建立在球队之间相互竞争的基础上。由于提供给消费者的产品就是竞赛表演本身，一个经济上形成垄断、球场上没有竞争对手的球队将使比赛的观赏性降低，因此必须确保每一个俱乐部在经济上保持盈利稳定，以便能持续参与竞争。由此，NBA各俱乐部联合制定选秀、限薪及转会等制度，通过对上赛季胜率较低球队的针对性扶持与限制高水平球员的聚集性流动，维持各俱乐部球队间的公平运营。其次，NBA俱乐部通过参加联盟发起的各类项目等方式促进世界篮球运动的发展。从公平竞争角度看，NBA球员在国际赛场上过于强大的竞争力并不利于篮球运动普及与可持续发展。2001年，NBA和国际篮联（FIBA）联合筹建一个名为"篮球无国界"的全球项目，旨在团结不同国家的年轻篮球运动员，鼓励他们参与和推广这项运动。来自30家NBA俱乐部的300多名教练、球员担任"篮球无国界"夏令营项目的顾问、教练和导师。此外NBA部分俱乐部和FIBA从非洲、亚洲和拉丁美洲的训练营以及一些联合会选拔19岁及以下的顶尖篮球运动员，让其接受NBA教练和球员的培训和指导，并在正式比赛中与同龄人竞争[2]。国际篮球联合会阿尼特·拉沃德拉马这样说："通过与NBA的合作，我们将最好的教练员与教学服务提供给年

---

[1] Davis B L. "Put me in coach!" recognizing NBA players' need for legal protection as stakeholders in the league and increased participation in governance [J]. Journal of corporation law, 2018, 43 (4): 939-964.

[2] Zillgitt J. NBA helping basketball grow in Africa with grassroots efforts [EB/OL]. (2015-08-03) [2021-11-11]. http://www.usatoday.com/story/sports/nba/2015/07/30/basketball-without-borders-africa-luol-deng-masai-ujiri-chris-paul-exhibition-game/30903465/.

轻有才华的篮球运动员,把非洲篮球带到一个更高的水平。"

(六)消费者权益保护

NBA俱乐部主要通过完善赛事营销路径、保护消费者安全,履行对消费者的责任。从善因营销的角度讲,NBA各俱乐部自诞生以来所做的一切积极发展都是为了迎合消费者喜好、激发其消费行为,从而创造经济利润。因此,只有首先满足消费者的娱乐观赏需求,才能体现俱乐部存在的价值[1]。赛事的竞争性与观赏性持续提高,能更好地服务与满足消费者需求。NBA通过打造全明星赛、三分球大赛和扣篮大赛等精彩赛事服务球迷,各支球队都打造出具有鲜明特点的球星与比赛风格,为NBA赛事品牌刻上了独特的文化烙印[2],赢得了消费者的广泛认同和信赖。并且,各俱乐部球队不仅通过使用具有当地特色的队名与营造主场效应,强化球迷的主人翁意识,还积极参与当地社区援助以提升消费者的归属感与凝聚力,真正兑现为消费者服务的承诺。NBA俱乐部高度重视对消费者人身与信息安全的保护。第一,2004年"奥本山宫殿事件"后,NBA联盟和俱乐部通过发起企业社会责任计划和对球员进行公关培训等方式,提升其在消费者心中的形象,获得消费者的信赖。在此背景下,NBA俱乐部在加强竞赛表演现场的安保工作的同时,建立了消费者保护工作机制,加大对侵害消费者利益行为的惩罚力度,如2019年3月12日,在某场比赛中,一球员与球迷发生争执,事后被罚款2.5万美元。第二,制定消费者隐私保护制度,如《NBA中国隐私政策》明确承诺,对消费者信息的收集与使用都严格遵守法律规定,体现出对消费者信息安全保护的履职尽责。

(七)社区治理

有关研究表明,将社区需求与组织资源匹配并以此发展战略伙伴关系的

---

[1] 钟秉枢,梁林,于立贤,等.职业体育——理论与实证[M].北京:北京体育大学出版社,2006:88-89.
[2] 薛岚.NBA主场文化探析[J].体育科学,2005,25(4):20-24.

发展战略是体育企业参与社区治理的理想形式[1]。NBA 俱乐部参与社区治理可概括为，在了解社区需求的基础上，利用自身已有的体育、经济与社会资源，与社区建立联系，发展长期的伙伴关系。在实现路径上，主要以开展 NBA cares 计划包含的项目活动与公益实践为主。其中，NBA 健身项目（NBA fit）和 NBA 心理健康项目（NBA mind healthy）以人性化的核心理念为导向，将心理健康定位为居民健康和卓越的基本要素，倡导公民与消费者关注自身的心理健康问题，并发起对社区儿童数学运算和篮球技术方面的教育参与，在各球队俱乐部所在的社区进行教育和服务。NBA 各俱乐部在举办赛事期间，积极参与当地社区的篮球场和其他活动设施的改造和修缮，并组织球员与教练员对社区的诊所、学校进行访问，以演讲、座谈等方式激励年轻人努力奋斗。此外，NBA 各俱乐部还联合设立了社区援助奖，将提名球员在官方网站上展示宣传，以激励球员参与社区治理。发展有意义的长期伙伴关系是推动企业社区参与的关键机制[2]。NBA 俱乐部的社区治理伴随每个参与者角色间的相互理解和尊重，并建立起友好的跨部门合作关系，进一步提高了其社区治理可持续性。

三、NBA 俱乐部社会责任的治理经验

（一）体系完善、协同配合的社会责任管理机构

NBA 俱乐部内外部的社会责任治理机构设置是其进行治理实践的基础。从外部机构来看，美国企业的社会责任行为主要由国家经济和商业事务局（EB）领导的企业社会责任团队管理，该团队为企业社会责任治理实践提供

---

[1] Babiak K, Richard W. Determinants of corporate social responsibility in professional sport: internal and external factors [J]. Journal of sport management, 2009, 23 (6): 717-742.

[2] Heinze K L, Soderstrom S, Zdroik J. Toward strategic and authentic corporate social responsibility in professional sport: a case study of the Detroit Lions [J]. Journal of sport management, 2014, 28 (6): 672-686.

指导，并向私营部门、劳工团体、非政府组织和其他政府发出治理倡议[1]。美国国家篮球协会成立了美国篮球基金会，启动了企业社会责任项目，旨在利用NBA在全球的影响力，对社区居民、球员、教练员和消费者等利益相关者做出贡献，以此促进社会持续、健康发展。在联盟层面，由30位俱乐部老板组成的联盟董事会是最高决策层，负责发起社会责任治理的决策、设置社会责任部门、对联盟治理实践进行统筹规划。在联盟下设的23个事务部门中，社会责任部门是核心治理机构，主要通过运营NBA关怀行动、NBA青少年联盟及新秀球员过渡计划（Rookie Transition Program）等项目实施社会责任治理。其他部门为协同治理机构：综合管理部门对联盟社会责任治理的人员配置、经费发放及法律行政等事务进行统筹管理；竞赛组织部门负责完善各类比赛产品，提高服务质量，维持联盟影响力；国际发展部门负责在全球范围推广NBA，为全球社会责任计划开展创造条件；媒体运营部门负责社会责任治理的媒体营销，协助进行信息披露与反馈[2]。美国政府与篮球协会、NBA联盟的社会责任管理机构不仅使NBA各俱乐部社会责任治理有了外部组织支撑，还对俱乐部内部的组织机构设置起到重要的示范和指导作用。从内部机构来看，NBA各俱乐部有着和联盟相似的管理机构，即俱乐部董事会是最高决策机构，下设各类部门负责业务管理。各俱乐部都设立了基金会，在履行慈善责任的同时，为其他社会责任活动的开展提供经费支持。对于俱乐部社会责任的管理，一些俱乐部选择将其交由多个部门协调配合完成，而另有部分俱乐部成立了专门的社会责任部门以实现专职管理。如夏洛特黄蜂俱乐部成立了企业社会责任部门，设置社会责任高级执行经理，并由俱乐部基金会执行董事担任该部门的执行总监。每个NBA俱乐部都具有企业法人身份，在联盟统一管理下组织球员独立开展社会责任活动。在社会责任治理实

---

[1] Doh J P, Guay T R. Corporate social responsibility, public policy, and NGO activism in Europe and the United States：An institutional–stakeholder perspective [J]. Journal of management studies, 2006, 43 (1)：47–73.

[2] NBA. NBA career opportunities [EB/OL]. [2021–08–05]. https：//careers.nba.com/departments.

践中，联盟董事会发起社会责任治理决策，社会责任部门开展相关计划项目，组织各俱乐部和球员参与执行并给予业务指导。各俱乐部积极组织球员与员工参加各类活动，以实现对当地社会责任的治理。总之，NBA俱乐部内部和外部组织机构在运行过程中权责分明、协同配合，为其社会责任治理奠定了坚实的组织保障。

（二）目标一致、层次分明的社会责任治理制度

NBA俱乐部社会责任治理实践的制度约束主要来自外部制度环境和内部制度规定。国务院、美国篮协和NBA联盟的相关规定和要求形成了NBA各俱乐部社会责任治理的外部制度环境。美国经济和商业事务局与国家篮球协会基于利益相关者的角度对NBA各俱乐部提出了履行社会责任的要求，并通过作出规定、启动项目、建立基金会等方式对NBA各俱乐部社会责任实践进行约束、引导和支持。例如，2021年6月16日布林肯部长代表拜登-哈里斯政府发布了新的美国负责任的商业行为国家行动计划，对各类企业组织履行社会责任具有积极的引导和促进作用。部分外部制度约束内嵌于美国的各类法案当中，如《劳工法》对劳资双方权力、义务以及关系处理都做出了明确要求，以保护利益双方的合法权益；《美国消费者保护法》为惩治欺诈消费者的行为与解决消费者争议问题提供了方案；《国家环境政策法》呼吁各类社会组织和企业积极参与环境保护，致力于生态可持续发展。对NBA联盟而言，一方面，社会责任部门通过发起各类社会责任项目，对联盟、各俱乐部及球员社会责任提出明确要求，给予各俱乐部和球员高度的自治空间。另一方面，部分社会责任治理制度内嵌于联盟正式制度中，通过对利益相关者的合法权益保护表现出来。如NBA的准入制度，规定每个州不能拥有超过三支球队，新球队的加入必须得到各俱乐部老板四分之三的赞同票才能通过。这种限制不仅使每支球队都能拥有大量的球迷和消费者，建立稳固的市场基础，保证俱乐部内部利益相关者的切身利益；还限制每支球队发展的上限，保证各球队的竞争实力和竞赛表演质量，满足最广大球迷和消费者群体的观赏需求。

良好的外部制度环境对 NBA 俱乐部社会责任实践活动形成了有力约束，保证其治理行为的合法性与规范性。在内部制度方面，各俱乐部通过正式与非正式制度实现社会责任治理实践。NBA 俱乐部建立了针对性的社会责任规定，通过广泛动员社会资源达成治理目的，如夏洛特黄蜂队通过与赞助商合作成立基金会，以修建图书馆、教授健身知识、成立护理中心、捐赠食品等形式在教育、健康及军事等方面参与了卡罗莱纳州的建设与治理。NBA 俱乐部的非正式制度大多通过俱乐部和球员的高标准道德行为来体现。例如，2014 年某俱乐部为满足身患白血病的 5 岁小球迷的愿望，与他签订了一天的合同并给了他上场打球的机会，此举赢得了公众的一致好评。类似做法在回馈社会的同时，也进一步提升了俱乐部与联盟的形象。诚然，目标一致、层次分明的社会责任治理制度，保证了 NBA 俱乐部社会责任治理的有效性和持续性。

（三）信息披露全面、反馈形式多样的社会责任监督机制

社会责任信息的披露和反馈是企业受到利益相关者的监督与实现其社会责任价值的重要途径[1]。NBA 俱乐部社会责任信息披露主要由 NBA 联盟管理机构中的通信部和财务部负责。通信部对联盟、俱乐部及球员的社会责任实践活动进行统一的收集汇总和媒体宣传，通过官网推送与媒体报道的方式将联盟社会责任活动向社会公众展示。财务部负责定期公布财务报告，向社会公布各俱乐部财务情况，提高信息透明度。NBA 部分俱乐部也会定期单独发布企业社会责任年度报告，以便接受社会监督[2]。NBA 俱乐部社会责任的信息反馈包括内部反馈和外部反馈。内部反馈主要由俱乐部内参与社会责任治理的部门对治理过程进行监督实现，例如人力资源部负责动员与监督各俱乐部与球员的社会责任活动参与，并根据实际情况进行人员调整；财务部对

---

[1] 黄珺，薛芳芳. 新媒体下 CSR 信息披露对利益相关者关系影响研究 [J]. 财会通讯，2020（9）：84-88.
[2] NBA. Charlotte hornets foundation [EB/OL]. [2021-08-05]. https://www.nba.com/hornets/community/home.

社会责任活动做出财务可行性分析，并以此为依据提供财务支持；媒体运营部门对每一位新秀球员进行新闻采访培训，以确保他们能够维持良好的公众形象。对于外部反馈，NBA 俱乐部通过互联网与第三方机构等渠道收集公众反馈意见。其一，各俱乐部官网设有消费者联系通道，以便及时接受球迷和公众的反馈信息。部分俱乐部还在社区服务前设置了球迷投票环节，球迷或社区居民通过填写问卷表达他们对球员参与社会建设的期待。同时，NBA 俱乐部还根据民意调查与社区反馈结果表彰做出卓越贡献的球员，这不仅提升了社会公众的参与度与认同感，还对俱乐部、球员积极履行社会责任起到巨大的激励作用。其二，NBA 俱乐部通过与媒体公司合作，获取媒体报道与公众评价。例如 ESPN 将 2004 年 12 月步行者队球员和活塞队球迷斗殴后球迷对球员的看法与 2008 年 4 月球迷对球员的看法进行了调查比较，结果显示，球迷认为 NBA 球员在"球迷友好""职业精神""专业形象""积极榜样""参与社区建设"等方面有明显改善[1]。该民意调查客观反映了 NBA 各俱乐部共同的社会责任治理成效，也为其完善社会责任治理体系提供了数据支撑。总之，信息披露全面、反馈形式多样的社会责任监督机制，有力提升了 NBA 俱乐部社会责任治理成效。

第二节 J 联赛俱乐部社会责任的主要内容及治理经验

一、J 联赛俱乐部社会责任治理的现实背景

（一）社会责任理念在日本企业中的广泛传播

社会责任理念在日本企业中的体现最早可追溯到日本江户时期家族企业的"家训"。由于"终身雇佣制"和"年功序列制"等雇佣方式被广泛采用，

---

[1] Mcgowan R, John S, Mahon J. corporate social responsibility in professional sports: An analysis of the NBA, NFL, and MLB [J]. Academy of Business Disciplines Journal, 2009, 1 (1): 45-82.

使得早期的日本企业在生产运营中更加重视满足内部利益相关者的权益,而忽略了对外部利益相关者的责任治理[1]。1953 年,美国学者 Howard R. Bowen 在其著作《商人的社会责任》中首次提出:"企业不仅需要谋求经济利益,还需承担相应的社会责任"。这一社会责任理念受到学界与业界的广泛认同,并迅速传入日本。1956 年,日本经济同友会正式公布了"经营者对社会责任的觉悟及实践"这一决议,指出日本企业迅速发展背后带来的一系列生态与社会危机,在当时的日本社会掀起了对于企业社会责任问题的激烈讨论,为社会责任理念的传播奠定了基础。20 世纪 70 年代,日本地价与油价的上涨引发了其国内的通货膨胀,致使社会经济衰退、社会反商呼声高涨。为了缓解社会矛盾,鼓励企业履行社会责任,日本政府通过出版《行动宪章》《企业社会责任贡献度评价标准》《综合社会责任指标》等文件对企业社会责任治理的原则、评价标准和具体指标进行了明确规定,从而推动企业参与社会责任治理。21 世纪初,日本企业丑闻频发,发生了企业寻租行为、食品中毒危害 1.4 万人健康、厂商销售以次充好的食品等恶性事件。这些事件引发了社会对企业的信任危机,迫使日本政府对企业做出参与社会责任治理的明确要求。对此,诸多企业纷纷设立社会责任管理部门,日本各类企业管理协会也提出了较为系统的企业社会责任内容体系和评价指标,有效推动了日本企业社会责任治理实践。

(二) 曲折发展下的日本足球走向振兴

20 世纪 50 年代,日本一些企业为了提高企业知名度和提升员工的企业认同,开始组建足球队,并将企业主导的足球赛事在电视台播出以引导公众进行体育消费。在与橄榄球、棒球和相扑等运动的激烈市场竞争中,日本职业足球依托企业办队的支撑框架生存下来。1968 年,日本足球国家队在墨西哥奥运会取得铜牌,这一良好成绩带动了日本足球人口的迅速增长。然而,由于认知程度偏低和体系不健全等原因,日本足球不仅未能在此时期实现提高

---

[1] 宋成华,张译云. 浅析日本企业社会责任意识的形成及特点 [J]. 北方经贸,2020 (2): 23-25.

第四章 国外职业体育俱乐部社会责任主要内容、治理经验及启示

发展,还面临着新的发展问题:一方面,由于日本职业足球起步相对较晚,被先一步职业化的韩国足球在竞技水平上严重压制;另一方面,日本企业足球发展的局限性导致俱乐部运营管理受限,足球运动员培养不专业,日本足球发展陷入桎梏。为此,日本足球联赛于1988年针对三个议题召开委员会:一是本国球员在薪资待遇、社会地位等方面与外国球员的差距;二是日益衰减的足球赛事观众人数;三是日本足球竞技水平严重下降。为了解决上述问题,日本连续派官员赴欧美等足球运动发达国家进行调研和考察,日本职业足球开始由企业办队向职业化过渡,职业足球俱乐部与其原来的母公司分离,拥有了正式的法人身份。这一系列改革措施促进了日本足球联赛市场机制的形成,也使俱乐部在经营管理方面获得了极大的自主权,球员的商业价值迅速上升。随着1993年日本第一场职业足球赛事的举办,足球运动在日本体育文化中的地位有了较大提升。尽管1990年代后期J联赛俱乐部也受到日本经济萧条、国家队成绩不佳等的影响,但得益于日本足球协会(日本足协)成功申办"世界杯"和《体育振兴基本计划》的颁布,日本职业足球迎来前所未有的良好发展契机。发展规模的逐渐壮大促使J联赛俱乐部开始参与社会责任治理,以实现其在提高日本足球竞技水平、满足国民体育需求和振兴日本民族精神等方面的重要责任。

二、J联赛俱乐部社会责任的主要内容

(一) 社区发展责任

社区模式所带来的相对稳定性是日本社会发展的一大显著特征,这种特征帮助企业避免城市现代化带来的负面影响[1],积极承担社区发展责任是J联赛俱乐部实现自身与社区长期和谐发展的重要原因。J联赛在其俱乐部准入条件中规定:每个俱乐部必须选定一个稳定的俱乐部主场,且必须积极深入

---

[1] Horne J, Manzenreiter W. Football, komyuniti and the Japanese ideological soccer apparatus [J]. Soccer & Society. 2008, 9 (3): 359-376.

社区参与组织当地的体育活动。在众多俱乐部的发展理念中，社区是其发展的中心，俱乐部的发展建立在与居民互惠互信的基础上。例如东京某俱乐部的新闻官曾介绍其俱乐部的建设理念：用现代方式建立俱乐部与社会、政府和企业间协作机制，组建一支受东京市民热爱的顶级联赛球队[1]。在此发展理念指导下，该俱乐部在家乡积极开展社会责任实践活动，内容涉及知识普及、青少年教育等方面，并持续发布新闻咨询以增加对社会责任治理实践的信息披露。在职业足球俱乐部持续开展社区发展责任治理实践的同时，日本各地区政府、足协以及职业足球俱乐部会员，通过在社区进行资金募集以支持当地社区足球、俱乐部周边学校及其他业余足球俱乐部的运营发展[2]。此外，俱乐部与社区也在互动过程中形成了深度互嵌的发展模式，球员们的社会责任感与归属感得到了极大提升，他们在参与职业比赛时所代表的不仅是所属的俱乐部球队，还有当地的社区形象。这种思想的引导使竞赛中踢假球等不负责任的行为得到了有效控制[3]。在对社区发展责任的治理中，俱乐部还与当地政府和市场建立联系，将职业足球俱乐部中的教学方法、场地设施、管理体系等优质资源与社区共享，以促进社区体育的发展，有效提升了当地政府、企业和居民的认同感和参与意识，营造出良好的社会责任治理氛围。

（二）文化繁荣责任

基于职业体育在竞技体育、体育产业和大众体育等方面的广泛影响，职业体育组织是促进体育文化传播与繁荣的重要载体。J联赛俱乐部通过将足球文化民族化和促进其足球文化的传播履行文化繁荣责任。日本足球振兴伊始，J联赛俱乐部利用日本民族文化中善于学习他人优势的特点，对欧洲先进的足球文化，包括足球场馆、足球产品等器物文化，以及体制建设、发展运营等

---

[1] 羊城晚报. 日本J联赛启示录：让众多小股东撑起俱乐部 [EB/OL]. (2010-02-12) [2022-03-15]. https://sports.qq.com/a/20100212/000754.htm.
[2] F. C. TOKYO OffICIAL WEBSITE. NEWS [EB/OL]. (2022-02-28) [2022-03-11]. https://www.fctokyo.co.jp/news/13288.
[3] 陈文倩. 日本职业足球地域化研究 [J]. 体育文化导刊, 2017 (5)：143-146.

制度文化进行学习内化。同时，各足球俱乐部在发展的过程中积极传承和弘扬日本的民族精神和文化，实现外来足球文化和日本民族文化的有机融合，为足球文化带来了强大生命力。然而，仅靠单向的文化输入注定会使民族文化陷入"孤芳自赏"的境地，日本足球俱乐部对外的文化输出是促使其足球文化实现共融、走向世界的重要因素。对此，各俱乐部充分发挥自主性，积极利用社会资源在海内外开展相关活动。不仅促进了俱乐部间足球文化的交流融合，还提升了日本足球文化的海外影响力。例如日本埼玉某俱乐部通过与政府、企业、社会机构及民间社团等合作，在亚洲范围内召开足球文化宣传讲座等活动[1]，在提升俱乐部社会影响力的同时，进行了有效的文化输出。

（三）教育责任

J联赛俱乐部履行教育责任的方式主要包括足球运动教育和思想品德教育。足球运动教育方面，1993年以前，日本所有的青少年足球活动仅在学校开展，这使校外的儿童青少年很难有参与足球运动的机会，足球运动在日本社会难以广泛普及。在J联赛开启第一个赛季之后，各职业足球俱乐部纷纷成立青训机构，为当地社区提供以足球为主的体育教育。东京某俱乐部在东京设立了11个青少年足球训练基地并提供免费指导服务，并将每个月的训练计划向社会公示，还组织教练员与工作人员免费为所在社区服务，以提高足球运动的普及程度。此外，各俱乐部在保证不同年龄段足球运动员衔接培养的同时，还通过俱乐部间的横向互动，加强了区域间的青少年足球竞赛交流[2]。在思想品德教育方面，J联赛各俱乐部不仅以足球运动为载体，将对青少年优良品质的教育和培养融入足球训练与竞赛过程中，还通过与社会合作的方式开展对青少年的道德教育。如某俱乐部的球员通过分享自身成为职

---

[1] URAWA REDS OffICIAL WEBSITE. ハートフルクラブとは［EB/OL］.［2022-03-11］. https://www.urawa-reds.co.jp/heartfull/.

[2] 周爱光. 日本体育政策的新动向——《体育振兴基本计划》解析［J］. 体育学刊，2007（2）：16-19.

业球员的经历,以激励受访地的青少年树立顽强拼搏精神并建立正确的体育观念;埼玉某俱乐部与企业、社会组织合作推出"爱心足球计划",深入中小学等单位,通过开展各类足球活动对学生进行思想品德教育等。

(四) 环境保护责任

体育活动的开展以生态环境为依托,这使体育与环境间存在着紧密联系,体育组织对环境有着不可推卸的保护责任[1]。J联赛俱乐部通过两种途径进行环境保护责任的治理。第一,场馆绿色运营。札幌某俱乐部通过使用绿色体育器材等措施将其足球场馆改建成环保运动场,同时在运营中积极实施垃圾分类、进行科学化垃圾处理,以提高垃圾的再利用效率。京都某俱乐部通过参与京都市的"DO YOU KYOTO"碳信用计划优化日常运营,以节省比赛用电、运动员绿色出行和减少垃圾焚烧等方式,将其足球场馆的碳抵消量从2012赛季的31.1吨增加至2019赛季的77.1吨,有效降低了场馆运营对环境的负面影响。第二,举办环保主题活动。从实践的角度讲,由于经费短缺和技术限制等问题,职业体育组织对环境责任的治理过程稍显"势单力薄",对此,J联赛俱乐部积极寻求社会合作举办多种环保活动以实现环境责任治理的目的。如静冈某俱乐部以打造"碳抵消"俱乐部为建设理念,通过与当地的政府和企业合作,打造"产业—科研—行政"三位一体的治理格局,在其主场比赛中开展提升环保意识的活动,积极鼓励观众绿色出行、使用可循环使用物品。同时,该俱乐部还通过社会合作所获得的广泛资源,开展"零碳职业体育俱乐部宣言"发布活动,向职业体育乃至更广泛的社会领域发出了环境责任治理倡议[2]。

(五) 经济责任

经济属性是企业的基本属性,经济发展是企业开展社会责任治理的动力

---

[1] Sartore-baldwin M L, Mccullough B. Equity-based sustainability and ecocentric management: Creating more ecologically just sport organization practices [J]. Sport Management Review, 2018, 21 (4): 391-402.

[2] S-PULSE. CLUBエコチャレンジ [EB/OL]. [2022-03-20]. https://www.s-pulse.co.jp/csr/eco.

支持。J联赛俱乐部对经济责任的治理主要通过以下两种途径实现。第一，增加自身经济收入。广告收入、门票收入、联盟分利和社会投资是日本职业足球俱乐部的主要收入来源。对此，各俱乐部都致力于提升球队竞技水平，通过为球迷贡献高质量精彩赛事以提高俱乐部球赛的门票收入。同时，利用足球竞赛表演的聚合化效应，拉近与公众的距离，将足球这一运动项目带入公众的生活，从而为大众的足球运动参与和持续性足球消费奠定基础[1]。在社会投资收入方面，J联赛俱乐部优化了其投资结构，增加了企业和个人的投资比重，使经费来源的渠道多样化，避免了单一投资结构下资金来源断裂产生的财务风险。第二，积极带动地区经济发展。札幌某俱乐部联合社会力量在北海道地区成立了"PROJECT 179"联盟，售卖参与俱乐部活动所需的各类服饰和礼品产品，并将该项目的部分收入通过投入青少年教育和开展体育培训班等方式反馈给北海道地区。部分俱乐部也会进行针对性投资以扩大社会效益，一项对松本某足球俱乐部社会贡献的量化研究显示，该俱乐部于2019—2020赛季对目标社区足球学校投资产生的社会价值约为54160美元，而俱乐部总投入仅为10134美元，这意味着向社区足球学校的投资产生了5倍多的社会效益[2]。此外，2012年日本开启"亚洲战略"，旨在从经济与竞技层面带动亚洲地区足球整体水平。各俱乐部以J联赛为载体，积极开拓海外市场，促进足球资金在亚洲范围环流，为其他俱乐部与合作企业创造新的商业发展机会，推动了日本乃至亚洲足球经济的发展。

（六）政治责任

20世纪末，日本在世界的经济地位迅速攀升，但其政治形象仍未得到明显改善，日本国内提升国际政治地位的诉求日益强烈，蓬勃发展的足球运动

---

[1] 沃夫曼·曼泽瑞特，王静. 足球与日本社会的聚合化 [J]. 北京体育大学学报，2019，42（6）：57-64.

[2] Oshimi D, Yamaguchi S, Fukuhara T, et al. Calculating the social return on investment of a Japanese professional soccer team's corporate social responsibility activities [J]. Frontiers in Sports and Active Living, 2022, 3: 736595.

为这一问题提供了解决方法。J联赛俱乐部主要从提升日本足球竞技水平和带动亚洲地区足球发展两方面进行政治责任治理。其一，为了提升日本足球竞技水平，日本各职业足球俱乐部开始实施各类措施，包括开辟球员交流培养通道、学习欧美俱乐部先进建设经验，从足球理念、技术流派、队伍纪律、组织体系等方面完善俱乐部内部管理，促进日本实际国情与欧美先进经验的有机结合。例如埼玉某俱乐部与德国某俱乐部签署了合作协议，旨在促进俱乐部间足球竞赛交流、增加青少年培养渠道、增加互相宣传与支持等。在多重改革措施的推动下，日本足球竞技水平突飞猛进，曾连续6次进入世界杯决赛圈，先后共4次获得亚洲杯冠军，其中两支球队甚至包揽了2017年和2018年亚冠联赛冠军，极大提升了日本足球在世界足坛的地位。其二，为带动亚洲地区的足球发展水平，进一步提升日本在亚洲的影响力，日本政府和足协启动了"亚洲贡献事业"，向亚洲各个国家和地区派遣运动员和教练员等专业足球培训人员进行海外指导，还为各类亚洲青少年足球赛事和草根足球赛事的运营与可持续发展提供资金帮助[1]。如札幌某俱乐部积极在泰国和马来西亚等地区开设足球培训基地等[2]。这些举措有效提升了日本足球影响力，取得了较好的政治责任治理成效。

三、J联赛俱乐部社会责任的治理经验

（一）主体多元、权责分明的协同治理结构

以政府、日本足协、J联盟与俱乐部为主的多元主体构成了J联赛俱乐部开展社会责任治理的结构。日本政府中没有国家级体育管理机构，由主管教育、科技和文化的文部科学省负责管理日本体育事业的发展。该部门规划J

---

[1] 浦义俊, 辜德宏, 吴贻刚. 日本足球转型发展的历史脉络、动力机制及其战略价值研究[J]. 沈阳体育学院学报, 2020, 39（2）：82-91；132.

[2] HOKKAIDO CONSADOLE SAPPORO. CONSADOLE PASS [EB/OL]. [2022-03-11]. https://www.consadole-sapporo.jp/pass/ #project.

第四章 国外职业体育俱乐部社会责任主要内容、治理经验及启示

联赛与俱乐部的发展方向,将对职业体育组织社会责任治理的要求内嵌于各类体育政策与发展规定中。日本足球协会基于"通过足球创造丰富的体育文化,为人们的身心健康发展和社会进步做出贡献"的理念,通过整合国内外社会资源、加强对联赛的运营管理保证 J 联赛俱乐部社会责任治理活动的顺利开展。J 联盟虽名义上属于日本足协,但在运营管理等诸多方面是独立的经济实体,拥有联赛的管理和举办权。联盟理事会中俱乐部代表占多数,其次是日本足协代表,还包括政府官员、经济学专家、会计师、体育专家、人力中介、日本体育协会官员及社会代表等成员[1]。这种董事会人员配置不仅确保了职业足球俱乐部对日本职业足球理事会的实际控制权,还使其决策过程能够兼顾政府、社会、企业的多方利益,从而颁布科学合理的社会责任治理决策。J 联赛俱乐部内部治理结构主要包括董事会、监事会和执行部门。董事会是 J 联赛俱乐部的最高权力机构,每个俱乐部董事会的董事数量为几至十几名不等,由专职和兼职董事组成,其中,兼职董事群体由来自俱乐部当地政府、企业与社团组织的成员构成。监事会中除俱乐部股东外,其余监事会成员由会计事务所专业人士兼职担任,这样的内部人事构成有效提升了监督审计的专业性。执行部门主要包括总务部、事业部、运营部、媒体宣传部、后备人才培养部等部门[2],负责维持俱乐部的基本运营和执行董事会的社会责任治理决策。在实际运行中,以日本文部科学省为主的国家行政机关通过颁布政策、资金拨款等手段对 J 联赛俱乐部社会责任治理起到间接性的引导与扶持作用。日本足协在将政府的指导信息传达至联赛俱乐部的同时,还协助政府对俱乐部的治理实践进行监督反馈。J 联盟召开董事会,确定社会责任治理目标并分配任务,对各俱乐部治理实践进行统筹规划。俱乐部在 J 联盟领导下,联合当地政府、企业与社会资源,根据自身综合实力开展具有地方特色的社会责任治理实践。总之,J 联赛俱乐部社会责任治理的多元主体权责

---

[1] 杜丛新. 日本职业足球发展及对中国的启示 [J]. 武汉体育学院学报,2013,47(2):77-80;97.

[2] 李云广. 日本足球职业化管理体制研究 [D]. 北京:北京体育大学,2013:23-24.

分明、协同配合，为俱乐部履责实践的科学开展奠定了良好的组织基础。

(二) 体系完善、内外兼容的治理制度保障

体系完善的外部制度环境与内部制度约束构成了J联赛俱乐部社会责任治理的制度保障。从外部制度环境来看，日本政府提供了良好的制度压力。一方面，日本商业管理组织针对企业进行社会责任治理提出规定与倡议，如日本经济团体联合会制定的《行动宪章》明确提出了企业履行社会责任的7条原则，对J联赛俱乐部社会责任治理起到宏观指导作用。另一方面，文部科学省发布针对性政策以对日本职业足球俱乐部进行发展规划，如出台"地域密着"政策，推动俱乐部的地方化和社区化发展，加速俱乐部与球迷之间的交流融合等。由此形成的治理模式在对俱乐部形成有效约束力的同时，也有利于社会对俱乐部的监督。对于日本足球协会和J联盟而言，日本法律将其界定为公益性民间团体，规定其发展运营必须做到兼顾经济与社会效益[1]。因此，日本足协与J联盟将对俱乐部社会责任的治理内嵌于各类运营制度中。例如日本足协为足球运动员制定了"五项行为准则"，包括对自己负责，遵守规章制度，互相尊重，理性思考，以积极态度面对生活、训练和比赛[2]，从而塑造优质运动榜样，起到良好的教育作用。J联盟不仅积极优化联赛运作、科学分配联赛收入以保证各俱乐部在经济层面协调可持续发展，还对俱乐部提出"必须平均分布且深入社区发展、必须配备相应的青少年培训体系"等准入规定。对俱乐部而言，各俱乐部将对社会责任的治理融入正式与非正式的制度中。正式制度方面，每个俱乐部都根据自身实力与特征制订了明确的"社会贡献活动"计划，如鹿岛某俱乐部的"体育为社会"活动：俱乐部利用自身较为强大的经济实力，积极发动社会资源采用先进信息

---

[1] 邱林，张廷安. 日本足球职业联赛发展研究 [J]. 体育文化导刊，2013 (3)：83-86.
[2] 宁聪，黄竹杭，侯学华，等. 日本的足球运动发展历程和足球项目发展路径及启示 [J]. 首都体育学院学报，2020, 32 (4)：338-345.

技术为儿童带来更好的足球学习体验[1];京都某俱乐部分别针对虐待儿童、女性疾病、社会暴力、环境保护开展了独具特色的"橙色、粉色、紫色、绿色"主题社会贡献活动等。在非正式制度方面,各个俱乐部都积极对球员进行素质道德和媒体公关培训,以便在其进行教育、培训及宣传等主题活动及竞赛表演中树立优秀的榜样形象,营造了良好社会氛围。诚然,体系完善、内外兼容的治理制度对J联赛俱乐部社会责任治理形成了良好的约束与规范,推动了其治理实践的科学有效开展。

(三) 科学合理的信息披露管理与监督反馈机制

社会责任治理的信息披露与对治理实践的监督反馈是实现社会责任治理价值的重要方式。20世纪90年代,在日本提出可持续发展战略的背景下,日本政府出台了《环境基本法》《环境影响评价法》等法规提高对企业造成环境污染的处罚力度,使企业的环境污染成本远高于环境保护成本,促使日本企业发布企业社会责任报告。这类政策最初虽然主要针对企业环境责任,但却为日本企业广泛开展社会责任信息披露营造了良好的政策环境和社会氛围。总体来看,J联赛俱乐部社会责任治理的信息披露情况有三点特征,一是参与主体的多元性,从日本足协、J联盟及不同等级的俱乐部,都根据自身职能属性和实践情况发布了相关的社会责任新闻或报告,日本足协与联盟负责公布的信息较为宏观,以社会责任计划和财务报告为主;二是披露信息种类的多样化,可分为环境治理信息、青少年教育信息、社区治理建设信息及运营管理信息等方面,如札幌某俱乐部将其运营和控股情况以年度报告的形式发布在俱乐部官网;三是信息内容的丰富性,绝大多数J联赛俱乐部在其官网都设置了"社会贡献"板块,不仅有对活动时间、地点、参与者的详细报道,还包括活动的具体内容及计划安排。科学监督是推动企业社会责任实践落实

---

[1] ANTLERS. SPORTS FOR SOCIAL [EB/OL]. [2022-03-21]. https://sports-for-social.com/sports/sharen-awards03/.

的重要保障机制。1974年日本政府颁布了《企业社会责任贡献度评价标准》和《综合社会责任指标》等企业社会责任评价标准，不仅为企业社会责任实践指明方向，还为日本足协、联盟、媒体及公众等参与监督J联赛俱乐部社会责任治理提供了参考依据。针对俱乐部履责监督，日本足协成立足球诚信委员会、与非法体育博彩预警公司合作成立体育失信行为预警机制，以防止非法企业对职业足球联赛的渗透[1]；J联盟不仅直接监管俱乐部的履责实践，联盟审计委员会还会在社会责任项目实施和财务收支等方面对俱乐部进行经济监督。与此同时，日本媒体也会在各类平台对各类企业社会责任进行全面报道，积极披露不负责任的企业行为。总体来看，J联赛俱乐部社会责任治理有着科学合理的信息披露管理和监督反馈机制，极大地提升了其治理实践的成效和可持续性。

第三节 对我国职业体育俱乐部社会责任发展的启示

一、提升体育行业履责氛围，深化俱乐部履责认知

对社会责任理念的深刻认识是企业开展履责实践、实现社会价值的前提条件[2]。从NBA和J联赛俱乐部的社会责任治理经验来看，社会责任理念在其国内企业中的广泛传播提升了体育行业的履责氛围。同时，诸如日本《提高体育实施率的行动计划》等政策的颁布进一步深化了职业体育俱乐部管理者对企业社会责任的认知，对俱乐部社会责任治理起到了重要促进作用。我国职业体育发展初期，各类资源较匮乏，体育职业化发展更多依靠政府的投入支持与具体指导。因此，与美国和日本相比，我国职业体育组织履行社会责任的环境氛围亟须提升，职业体育组织的履责认知有待深化。对此，可从

---

[1] 宁聪，黄竹杭，侯学华，等. 日本的足球运动发展历程和足球项目发展路径及启示 [J]. 首都体育学院学报，2020，32（4）：338-345.
[2] 李伟阳，肖红军. 企业社会责任的逻辑 [J]. 中国工业经济，2011（10）：87-97.

以下两方面促进职业体育俱乐部社会责任治理实践。

第一，提升体育行业社会责任治理氛围。政府需加快促进企业社会责任理念在体育行业的传播内化，除加强对体育企业参与社会责任治理的要求外，还可通过引导媒体将关注点聚焦于体育企业对社会责任的履行情况、将社会责任治理情况纳入体育企业考核标准等方式，加快企业社会责任在我国体育行业的内化进程。同时，政府可通过税收改革与网络通报监督等形式建立企业社会责任奖惩机制。具体来讲，制定积极的纳税政策，以企业社会责任履行状况为分类依据，适当调整企业的纳税标准，对社会责任践行较好的企业降低征缴税率，缓解企业经济压力的同时，促使其产生积极履行社会责任的内驱力。

第二，深化俱乐部管理层的履责认知。当前，我国职业体育俱乐部社会责任治理状况不佳，很大程度上是因为俱乐部管理者对于社会责任治理存在认知偏差，在俱乐部发展运营中未能处理好"显功"与"隐功"的关系。因此，亟须通过开展教育活动、发出社会倡议等方式，引导俱乐部董事会与管理层树立正确的社会道德观和可持续发展等价值观念。在此过程中，可对CBA俱乐部、中超俱乐部等体育企业针对性地分层和分类，采用不同的企业社会责任治理策略，引导各类俱乐部等根据自身综合实力和业务专长积极履行社会责任。同时，鼓励各类媒体通过网络、书报等媒介对职业体育俱乐部在新时代所承担的多元价值进行宣传报道，强调体育企业的社会治理功能，从而扩大其社会影响，提升政府、观众、消费者、居民等利益相关者对俱乐部的履责期望，为深化各类职业体育俱乐部管理者的履责认知提供外部动力。

二、明确参与主体的职能权责，推动多元主体协同共治

从上述美国、日本职业体育俱乐部的发展经验来看，政府充分发挥其引导与扶持作用，体育协会与联盟负责规范与监督，各俱乐部具有较高的实践自主性，所有参与主体各司其职并协同配合，能够取得良好治理成效。由此

可见，推动多元主体参与下的协同共治，是提升职业体育俱乐部社会责任治理水平的必由之路。

政府层面，我国政府中的商业发展与企业管理等相关部门应对体育企业提出社会责任治理的要求，并在深化认识和实践操作方面提供相应指导。实践中，政府还可制定相关奖惩制度，如对社会责任治理较好的企业可适当降低征缴税率，缓解其经济压力，实现对综合实力较弱的俱乐部的正向激励；对于社会责任治理主动性欠佳的企业可对其定期通报，引导社会加强对其履责实践的监督[1]。

协会层面，应协助政府完成各类政策的落实工作并及时反馈俱乐部在履责过程中的相关需求，起到上传下达的协调枢纽作用。同时，各类体育协会还应持续深化"放、管、服"改革，在保证在对联赛和俱乐部有效监管的基础上，逐渐扩大俱乐部的自治空间，激发其社会责任治理的主动性和积极性。此外，还可结合我国实际情况，尝试建立社会责任评价机制。鉴于当前我国职业体育俱乐部社会责任发展尚处于初级阶段，可从健全机构、完善制度、优化信息披露等方面建立社会责任评价机制，定期评价俱乐部社会责任履行状况，规范其履责行为，不断提升其履责水平。

联盟层面，作为各俱乐部的直属管理机构，职业体育联盟应探索以部门为主导的企业社会责任治理模式[2]，通过建立健全社会责任管理部门，并根据自身实际情况明确社会责任管理部门的权与责，对各俱乐部社会责任活动进行直接指导与监督。同时，可尝试在联盟理事会中增加俱乐部代表和增设社会代表，适当提高俱乐部与社会力量的话语权，从而提高决策的合理性和科学性，避免执行过程中因利益冲突产生的额外纠纷。此外，NBA联盟一流的赛事产品质量和广泛的社会影响力，是促使其社会责任治理水平提升的核

---

[1] 杨献南，张少杰. NBA联盟社会责任的核心内容、治理经验及启示 [J]. 体育学刊，2022，29（1）：61-68.
[2] 宋冰，耿瑞楠，张廷安，等. 欧足联与英超联盟社会责任治理的比较及对我国的启示 [J]. 天津体育学院学报，2017，32（4）：298-307.

心要素。因此，各类职业体育联盟还应不断优化赛事服务产品，以进一步扩大赛事的社会影响，从而提升俱乐部社会责任治理效率。

俱乐部层面，各类俱乐部及员工、运动员等是社会责任治理实践的主体和执行者，应在政府、协会及联盟的领导与规范下开展实践活动。实践中俱乐部不仅需深入社区，积极与企业、社会团体开展合作以为社会责任活动提供经费保障，还应科学规划运动员参与社会责任实践的行程安排和任务分工，在不影响其正常训练和休息娱乐的前提下保证治理实践的有序开展。

三、健全完善法律制度体系，保证俱乐部履责有法可依

全球治理委员会将"治理"阐释为使相互冲突或不同的利益得以调和并且使相关方采取联合行动的持续过程，包括有权迫使人们服从的正式机构和规章制度，以及种种非正式安排。美国、日本职业体育俱乐部社会责任治理能够取得良好成效，得益于各参与主体对职业体育俱乐部社会责任实践组织管理的法制与制度化。尽管当前我国部分职业体育俱乐部已在体育协会和联盟的领导下逐渐开展社会责任实践，但从整体来看，各类俱乐部履责水平有限且参差不齐，很大原因在于相关的法律制度体系不健全。因此，笔者认为可从以下几方面进行完善，以保证俱乐部履责有法可依。

在政府层面，一方面，持续推进对《公司法》《社会保障法》《环境保护法》及《劳动合同法》等法律的完善工作，对体育企业在组织与运营管理过程中的违法违规行为实施法律制裁，营造风清气正的社会环境。另一方面，针对职业体育组织社会责任履行问题，修订或出台引导履责规范性的政策文件，如在《体育法》中完善对体育企业的履责要求或颁布《体育企业社会责任发展指南》等，为各类职业体育组织社会责任发展提供方向指引[1]。同时，发布政策和倡议以鼓励其他利益相关者共同参与治理，促进政府在此过

---

[1] 杨献南. 我国职业体育俱乐部社会责任研究：演进·问题·路径 [J]. 山东体育学院学报，2020，36（6）：8-15.

程中的有序退出和其他主体的有效介入，推动政府向以宏观调控为主的服务型治理转型。

协会层面，各体育协会在协助政府制定相关政策法规的同时，还可制定职业体育联盟和俱乐部社会责任指导意见或方案，如出台《中超俱乐部社会责任实施标准》或《CBA俱乐部社会责任管理办法》等具体规定，以指导俱乐部治理实践的具体实施。另外，体育协会还应积极与其他行业协会、企业和机构等社会力量开展合作，领导俱乐部举办各种形式的社会责任活动，促使俱乐部将自身管理运营中的责任和义务内嵌于社会结构和关系中，确保其充分履行对利益相关者的责任。例如中国足协与亚洲足球联合会（亚足联）合作举办的"梦想中国"活动即社会责任治理的良好举措。

联盟层面，针对俱乐部履责实践，制订社会责任活动计划，从具体的开展方式、活动种类和针对人群等方面进行细化明确，以更好地指导、规范和监督俱乐部履责实践。同时，应以服务利益相关者为导向，完善赛事运营制度建设，不断提升赛事产品质量和服务水平。通过对转会、限薪与外援等政策的修订完善，促进各俱乐部球队之间的竞争平衡，在确保每个俱乐部经济收入相对稳定的同时，增强比赛的竞争性与观赏性，提升联赛的社会影响力，从而提升俱乐部社会责任治理成效。

俱乐部层面，第一，应配合参与足球协会与联盟的各类社会责任计划活动，还可充分利用所在地区的社会资源开展地区性的特色活动，并对活动的主旨、内容、实践主体、服务对象等内容进行细化明确，规范、引导、监督工作人员和球员的社会责任实践，如与当地中小学合作推动"足球进校园"计划、租借体育场馆开展"全民参与足球"活动、与居委会合作安排球员进行社区探访等。第二，建立定期的教育培训制度。通过定期邀请业界和学界专家开展系列主题讲座，加强对俱乐部的运动员、教练员、管理者等内部利益相关者的教育培训工作，提升他们对社会责任的理解和认识，促使其积极主动地参与社会责任实践。同时，引导明星运动员积极承担榜样引领的重要责任，如对新秀运动员进行媒体公关培训，提升运动员的公众形象，向社会传递正能量等。此外，俱乐部还可对运动员履行社会责任的突出事迹进行奖励与宣传，努力营造积极的社会责任实践氛围。

四、立足地方发展水平与俱乐部实际，开展特色化履责实践

提升社会责任治理成效，关键在于社会责任治理实践的科学开展与有效落实。从美国、日本职业体育俱乐部社会责任的主要内容来看，NBA 与 J 联赛俱乐部都扎根于当地社区与城市，根据其自身在经济实力、地理环境与球队文化等方面的差异，开展了独具特色的活动内容。如 J 联赛俱乐部以"立足地方、深入当地社区纵横发展"为社会责任治理方针，为其俱乐部的健康长效发展提供了持续性的内生动力。鉴于我国各类职业体育俱乐部的区域性分布和差异化发展等特征，立足俱乐部所在地区的发展水平与自身实际情况，开展特色化社会责任治理实践是可行的，具体可从以下几方面展开。第一，引入社会投资，打造利益共同体。美国、日本职业体育俱乐部的发展经验显示，相较于单一的投资结构，股份制的投资形式更能为俱乐部提供持续性经费保障。针对当前我国部分俱乐部财政赤字持续扩大，社会责任治理的开展条件不足的情况，各俱乐部可尝试引入地方企业、组织与个人投资以增加俱乐部的经费来源，不仅能够为俱乐部的运营发展提供稳定的经费支持，也能巩固俱乐部与各利益相关者的纽带联系，为开展形式多样的社会责任治理实践提供保障。第二，加强教育与培训责任的履行。学习借鉴欧美和日韩等先进职业体育俱乐部的青训梯队发展建设经验，畅通青少年体育教育和升学渠道。重视对青少年民族精神与正确价值观念的培养，将西方先进体育文化和发展理念与我国"民族性""地方性"精神文化相结合，打造具有中国特色的体育文化。立足长远，开展对当地中小学和其他培训机构教练员的定期培训，提升当地公众的体育参与和运动项目发展水平。同时，俱乐部还可为老年人、妇女、伤残人士等弱势群体创造适宜的体育参与机会，以传递人文关

怀，改善舆论环境。第三，开展地区性、特色性俱乐部社会责任活动，将体育参与融入居民生活方式。对于地处较发达地区或经济实力较为雄厚的足球俱乐部而言，可采用数字信息等技术增加足球体验的受众范围。对于综合实力欠佳的俱乐部而言，可多发动球员与工作人员参加社区志愿活动，激发公众认同感和运动员的归属感，提高竞赛表演的观众上座率并减少运动员有损体育道德行为的发生，形成可持续良性循环。此外，俱乐部还应积极发动地方电视、网络与报纸等媒介进行社会宣传，提升公众对俱乐部的认同感，推动俱乐部与居民互惠互信，实现和谐可持续发展。

五、提升俱乐部社会责任治理信息披露水平

社会责任信息的披露是职业体育组织接受社会监督与实现履责价值的重要途径[1]。诸如我国的中超和 CBA 等体育俱乐部既要承担国家竞技体育后备人才的培养任务，又要满足观众和消费者的竞赛表演观赏需求，内外部的利益相关者对于其社会责任信息披露的期望持续增强。因此，加强职业体育俱乐部社会责任信息披露势在必行。对内披露方面，俱乐部管理层可要求各部门向其提供社会责任活动的相关信息，定期将内部组织参与的社会责任实践向其汇报，为俱乐部进行科学决策提供依据，因此需加强对内部信息披露的监督反馈。对外披露方面，不仅要及时向协会与联盟汇报治理情况，还应充分利用印刷类、电子类等大众传媒渠道提高俱乐部社会责任信息披露程度。目前，中超和 CBA 俱乐部等主要通过官方媒体与签约媒体两种渠道进行信息转播和报道，但内容多为赛事信息而对社会责任信息的报道与宣传较少。这与 NBA 和 J 联赛俱乐部单独创建网站、多类型媒体转播报道社会责任信息的举措形成了鲜明对比。为此，各俱乐部可通过在官方网站中增设社会责任展示板块以及对各类签约媒体提出社会责任信息宣传报道的要求等方式，将其

---

[1] 黄珺，薛芳芳．新媒体下 CSR 信息披露对利益相关者关系影响研究 [J]．财会通讯，2020（9）：84-88.

社会责任履行情况以报道、转播、推文等多种渠道对外披露,全方位提升自身的社会责任信息披露水平。此外,职业体育俱乐部还可通过发布年度社会责任发展报告、财务报告、邀请第三方机构评估等方式,提高其社会责任信息披露的可信度[1]。

六、完善俱乐部社会责任治理监督机制

良好的监督机制是 NBA 与 J 联赛俱乐部社会责任治理的成功经验之一,加强我国对职业体育俱乐部社会责任治理的监督反馈,有助于促进治理实践的有效落实。第一,加强政府、协会与联盟等主体对俱乐部社会责任实践的监管。中央与地方商务管理部门可增加对体育企业社会责任治理的关注与引导。如中央生态环境保护督察工作领导小组与各地方生态环保小组定期对我国职业体育组织展开生态环境保护督察等。体育协会可从认知程度、治理结构与制度等方面对职业体育俱乐部社会责任治理体系建设进行评估与监管,不断提升其环境责任治理水平。对于体育联盟而言,可与英、美等国的社会责任治理机构和协会合作,如加入美国绿色体育联盟等,通过这种方式学习其先进理念与管理手段,从多方面监督职业体育俱乐部的履责实践,引导其通过体系变革或社会责任制度化的方式,将对社会责任的治理紧密嵌入俱乐部的日常运营与可持续发展中。

第二,促进媒体与社会公众参与监督。媒体监督方面,各俱乐部官方媒体与合作媒体应加强对其社会责任实践活动的公共宣传与信息反馈力度。关注与报道俱乐部对各利益相关者的社会责任履行情况,维护俱乐部内外各利益相关者的正当权益。同时,媒体应提高对俱乐部违反正确价值观与社会道德规范等不负责行为的曝光度。重点加强对阴阳合同、虚假比赛等商业纠纷和赛事服务人文关怀不足等情况的报道,充分发挥其在俱乐部社会责任治理中的重要作用。公众监督方面,应利用多种途径进行积极宣传,进一步增加

---

[1] 肖红军,郑若娟,李伟阳. 责任价值论 [M]. 北京:经济管理出版社,2016:193-194.

公众对企业社会责任的了解及对自身利益的关注，提升其维权意识，鼓励公众合理利用法律武器就俱乐部的侵权问题进行维权。通过官方网站、微信小程序、手机App及微博等多种渠道增加公众的监督反馈形式和途径，提高公众参与监督俱乐部社会责任实践的多样性与便捷性。此外，俱乐部还可开设观众和消费者的参与通道，鼓励观众和消费者积极参与俱乐部的管理运营，将其对俱乐部履责的期望融入俱乐部社会责任管理决策当中，从而推动俱乐部履责水平持续提升。

本章小结

采用文献资料法、逻辑法、案例研究法等，分别对NBA俱乐部和J联赛俱乐部履行社会责任的主要内容、社会责任治理经验进行了梳理和归纳，在此基础上，提出其对我国职业体育俱乐部社会责任治理的有益启示。

对于NBA俱乐部而言，社会责任治理理念的持续嵌入、NBA联盟的形象危机是其社会责任发展的现实背景；NBA俱乐部主要围绕内部组织治理、人权维护、劳资协调、环境保护、公平运营、消费者权益保护、社区治理七个维度履行社会责任，并在履责实践中逐步形成了体系完善、协同配合的社会责任管理机构，目标一致、层次分明的社会责任治理制度，以及信息披露全面、反馈形式多样的社会责任监督机制。J联赛以社会责任理念在日本企业中的广泛传播、曲折发展下的日本足球走向振兴为现实背景；其社会责任的主要内容包括社区发展责任、文化繁荣责任、教育责任、环境保护责任、经济责任、政治责任六个方面，其良好治理成效的取得依托主体多元和权责分明的协同治理结构、体系完善和内外兼容的治理制度保障、科学合理的信息披露管理与监督反馈机制。

结合NBA与J联赛俱乐部社会责任治理经验，立足我国国情和俱乐部发展实际，提出了对我国职业体育俱乐部社会责任发展的启示：提升体育行业履责氛围，深化俱乐部履责认知；明确参与主体的职能权责，推动多元主体

第四章 国外职业体育俱乐部社会责任主要内容、治理经验及启示

协同共治;健全完善法律制度体系,保证俱乐部履责有法可依;立足地方发展水平与俱乐部实际,开展特色化履责实践;提升俱乐部社会责任治理信息披露水平;完善俱乐部社会责任治理监督机制。

第五章

新时代中国职业体育俱乐部社会责任发展思路与推进路径

  前文已述，基于新时代中国的总体社会背景，将职业体育俱乐部融入我国"五位一体"总布局中构建其社会责任体系。明确其社会责任体系由社会经济责任、社会政治责任、社会文化责任、社会建设责任及社会生态责任构成，并确定了每一类社会责任的具体内容。同时，将原本分散在中国职业体育俱乐部社会责任体系内的要素按照"关系强度"的不同重新排列。以此为基础，本章旨在对我国职业体育俱乐部社会责任发展现状与问题进行归纳与分析，进而提出新时代中国职业体育俱乐部社会责任发展思路与推进路径。首先，根据构建的俱乐部新社会责任体系，以我国中超俱乐部和CBA俱乐部这两类具有代表性的俱乐部为调研对象，全面分析我国职业体育俱乐部社会责任承担的现状，系统剖析存在的问题与成因。接着，针对存在的问题，结合我国实际，提出我国职业体育俱乐部社会责任发展的总体目标以及需要遵循的基本原则。最后，借鉴NBA俱乐部、J联赛俱乐部社会责任的治理经验，从我国职业体育俱乐部社会责任发展实际出发，明确政府、体育协会、职业联盟、职业体育俱乐部及社会主体的功能定位，构建"政府—协会—联盟—俱乐部—社会"的社会责任协同治理模式，提出新时代中国职业体育俱乐部社会责任发展的具体推进路径。

第一节　我国职业体育俱乐部社会责任履行现状分析

一、社会经济责任履行现状与问题

(一) 社会经济责任履行现状

1. 社会影响扩大，俱乐部收入来源多元化

对于职业体育俱乐部而言，广告赞助、联赛分利、门票销售及衍生产品是其主要收入来源，因此，职业联赛的赛事产品质量、社会影响力、赞助经费等因素与联赛和俱乐部的收入水平密切相关。近年来，随着中超赛事产品质量与俱乐部国际比赛成绩的提升，中超在 2019 年首次登顶亚足联技术积分榜，成为亚洲第一联赛。有关资料显示，2020 赛季我国共 19 家媒体频道与平台转播了中超赛事，累计播放超过 1700 场次，收视人数超过 6 亿[1]，这极大提高了中超赛事和各俱乐部收益。与此同时，社会影响力的增加使中超在各网络平台的旗舰店营业额也有大幅增长，促进中超与其俱乐部持续推动流量向销售额的高效转化。CBA 自创办以来就受到我国球迷的广泛关注，联赛的市场化也稳步推进，为其带来了多样的经济收入。2012 年李宁公司以 5 年 20 亿赞助 CBA，2017 年又以 5 年 10 亿续约；2020 年 4 月，中国移动咪咕公司以 5 年 20 亿的价格续约了 CBA 赛事的新媒体版权等，诸如此类的转播权费、赞助费都间接增加了 CBA 各俱乐部的收入。根据《2020—2021 年 CBA 球迷与商业价值研究报告》，2019 年 CBA 商业收益突破 12 亿元，各俱乐部分红收入也再创新高。

2. 履行对多方利益主体的责任

对于职业体育俱乐部而言，经济性是其第一属性，因此，俱乐部本身所

---

[1] 中超 2020 赛季商业价值白皮书发布：中超总赞助金额超 3 亿元 [EB/OL]. (2021-04-13) [2022-04-23]. https://www.sohu.com/a/460586400_99900941.

进行的所有以盈利为主要目的的运营发展都是对股东责任的履行。在履行对赞助商责任的过程中，各俱乐部主要通过开展相关活动、设置广告牌宣传、赞助商冠名球队等方式为其赞助商进行宣传，提升其社会知名度。为了履行对消费者的责任，各俱乐部持续引进世界顶尖运动员和教练员，提高球队竞争力，还与赞助商合作优化赛事产品与服务，提升了球迷消费者的观赏体验。CBA的赞助商利用5G+4K/VR、子弹时间、多路视角、多屏同看、5G云包厢等科技，为观众呈现出立体化的CBA赛场，从互动性、参与性、趣味性多方面提升了球迷消费者的观赛体验[1]。2020年新冠疫情中超复赛期间，中超俱乐部采取了积极防控措施，在比赛现场通过互动大屏、巨型TIFO和虚拟观众等新型技术和手段，提升比赛氛围，增加球迷的参与感。尽管2020年的中超比赛数量缩减，联赛收视人数与往年相比有所下降，但统计资料显示，中超赛事每轮收视人数达到了三年来的最高值，且球迷付费观赛的意愿显著提升，充分展现了中超对消费者责任的履行成效。

（二）社会经济责任履行存在的问题

1. 过度依赖股东与赞助商投资，自身盈利能力较弱

中超商业价值报告显示，自2013年以来，中超俱乐部总体始终处于亏损状态，2013年中超16家俱乐部中仅有两家实现了盈利。截至2022年4月，中超的18家俱乐部中仅有8家不存在欠薪问题或已补发全部欠薪，在这8家球队中有一半是从中国足球协会甲级联赛（中甲联赛）升级而来，一半是具有国企背景的俱乐部，而欠薪情况最严重的俱乐部已欠下高达35亿人民币的债务，甚至超过了球队市值，使该俱乐部一时间成为无人愿意接手的"烂摊子"[2]。对于CBA与俱乐部而言，虽然其盈利收入持续保持稳步提升，但与

---

[1] 10亿级虚拟广告展示，中国移动咪咕携手喜悦创新CBA广告新形式 [EB/OL]. (2022-04-20) [2022-04-24]. http:// www.sportsmoney.cn/article/110125.html.

[2] 国内球员月薪曝光：2000元还能保级！中超8队不欠薪，深圳欠35亿 [EB/OL]. (2022-04-11) [2022-04-11]. https:// view.inews.qq.com/a/20220411A02LLR00.

世界顶级联赛俱乐部收入仍存在巨大差距，例如 2019 年 CBA 的收入是 12 亿人民币，但同年 NBA 商业收入高达 80 亿美元，NBA 各俱乐部收入与市值更是随之持续上升。由此可见，自身营利能力不足仍然是限制我国职业体育俱乐部发展的重要原因。这不仅表明我国职业体育仍处于发展初期，市场化程度有待提高，还反映出当前我国公众的体育参与意识相对薄弱。

2. 对赞助商和球迷履责的科学性不足

对于俱乐部赞助商而言，在俱乐部名称中冠名是推广赞助企业的最佳方式。例如"广东宏远华南虎俱乐部"又名"广东东莞大益队"，"北京紫禁勇士俱乐部"又名"北京北控水务篮球队"等。然而，2020 年底，中国足协公布《关于各级职业联赛实行俱乐部名称非企业化变更的通知》，旨在打造百年足球俱乐部，维系球迷情感。但客观来讲，中性名政策实施的时间和方式都欠妥当，不仅使俱乐部未能较好履行对赞助商的责任，还极大地打击了中超俱乐部股东的投资热情，导致俱乐部经费严重缺乏，发展运营受限。从球迷消费者的角度讲，享受愉悦的竞赛观赏体验、因所支持主队胜利而收获喜悦是其最主要的需求。对于前一项需求，各职业体育俱乐部都在通过优化赛事产品逐步实现。而我国中超、CBA 等职业联赛中各俱乐部球队综合实力相差较大，使联赛内部竞争失衡，不仅使部分俱乐部球迷群体难以获得归属感和荣誉感，也降低了联赛的综合效益。例如由于 CBA 联盟辽宁某球队和广东某球队与其他球队在竞技实力和球迷人数方面都差距悬殊，导致在 2022 年 CBA 季后赛半决赛的"辽粤大战"后，本应受到最高关注度的总决赛却收视惨淡[1]。出现此类情况的重要原因，在于各俱乐部对利益相关者的责任缺乏重视，同时缺少履责的科学方法体系，导致不同利益相关者的切身利益未能得到有效的协调分配。

---

[1] 不忍直视！CBA 决赛收视率打破历史新低，没有辽粤大战影响很大 [EB/OL]．（2022-04-23）[2022-04-25]．https:// www.sohu.com/a/540529100_ 121197420.

二、社会政治责任履行现状与问题

（一）社会政治责任履行现状

1. 积极培养竞技体育人才，不断提升青训科学性

在我国职业体育改革进程中，部分俱乐部取得了良好发展成果，为国家培养出诸多优秀的竞技体育人才。例如广东某俱乐部不仅自身有着CBA"九冠王"的良好成绩，还积极向国家队输送了多位优秀篮球运动员。这一方面为国家赢得了众多荣誉，振奋了国民精神；另一方面也对我国营造职业体育的发展环境起到了有益作用。纵观世界顶级职业体育俱乐部发展史，大力发展青训、注重长效发展是这类俱乐部能够长期保持强大竞争力的重要原因。在2016年CBA联盟正式成立后，联盟不断完善内部制度体系建设，鼓励俱乐部加大青训投入。2022年初，CBA联盟官方发布了《2021—2022赛季CBA联赛国内球员基础信息白皮书》[1]，其中一项统计了由青年队升入联盟一队的球员数量，体现出各俱乐部青训系统培养人才的能力。该统计榜单显示，在2021—2022赛季的391位注册球员中，有297名来自各俱乐部青年队，位于榜单前列的俱乐部与其球队所取得的良好竞赛成绩形成了呼应。同样地，近年来中国足球协会也开始出台多项政策，在中超、中甲等俱乐部的准入条件中提高了对青训梯队建设的要求。在各类制度压力下，中超俱乐部打造出多支优秀的青训队伍，为中超赛事输送了众多竞技足球人才。与此同时，中国足协也根据我国国情和青少年实际情况，积极联合国内外专家制定了青训指导大纲以不断提升青训的科学性。

2. 参与国际体育赛事活动，促进运动员国际化发展

为了充分利用体育的文化交流作用，服务国家对外人文交流，我国职业

---

[1] CBA青训哪家强？不是辽宁，不是新疆，CBA官方已经给出答案 [EB/OL]. (2022-02-24) [2022-04-27]. https://baijiahao.baidu.com/s?id=1725659769831361423&wfr=spider&for=pc.

体育俱乐部积极响应政府领导下的多边合作框架，开展体育人文交流活动。如 2019 年 12 月，"一带一路·七彩云南"国际足球邀请赛成功举办，来自德甲、俄甲、塞超的三支欧冠级别俱乐部的 U23 预备队与由中国职业俱乐部球员组成的 U20 国家队展开激烈角逐，其作为响应国家"一带一路"倡议的赛事载体，增进了我国与"一带一路"国家的合作学习和人文交流。在更广阔的国际赛场，我国 CBA 俱乐部向 NBA 等职业体育联赛输送了多位优秀的篮球运动员。他们不仅在海外顶级联赛中取得良好竞赛成绩，向世界展现了我国运动员的竞技才能，更将我国的民族文化和民族精神传播海外，在构建新型国际关系的过程中充分体现了体育的人文交流作用。

3. 参与维护社会秩序，积极配合疫情防控

从企业公民的角度讲，每个存在于社会中的企业都可被视作一名社会公民，因此有必要履行从属于公民身份的相关义务。自 2020 年初以来，新冠疫情对我国各行各业都带来了巨大的冲击和影响，为了更好地维护社会秩序，我国职业体育俱乐部积极参与配合疫情防控相关工作。2020 年 7 月，国家体育总局发布了《科学有序恢复体育赛事和活动推动体育行业复工复产工作方案》，各俱乐部以此为指导，在严格落实防疫政策的前提下保证了赛事的有序开展。如 2020 赛季，中超各俱乐部签署了《中超俱乐部关于防疫要求的公约》，对各球队、球员入驻赛区后的工作行为作出了严格规定，在顺利复赛的同时，保证了大连、苏州等赛事城市疫情防控工作的有序进行。同样，CBA 的 15 家俱乐部也曾发布联合声明，呼吁 CBA 新赛季施行主客场+全华班赛制，减少俱乐部所在城市的疫情防控压力[1]。对于不遵守防疫要求的员工，俱乐部也会及时进行处罚。

---

[1] 解读 CBA15 队联合声明：为防疫减压 & 为运营纾困 & 锻炼本土年轻人 [EB/OL]. (2021-07-17) [2022-04-24]. https://baijiahao.baidu.com/s?id=1705513726019847706&wfr=spider&for=pc.

(二) 社会政治责任履行存在的问题

1. 影响社会公共安全的事件频发

职业体育俱乐部作为一种特殊企业,具有广泛的社会影响力和被关注度,然而这却是一把"双刃剑"。一方面,俱乐部与球员都具有公众形象,能够通过正能量的事迹和行为得到公众认可,增加俱乐部收益。另一方面,俱乐部和球员的不负责行为也会影响社会安全稳定。就后者而言,由于我国体育职业化改革起步较晚,俱乐部管理体制建设尚不完善,运营过程中难免产生利益纠纷或矛盾冲突,从而产生影响社会安全稳定的负面事件。例如,2016年CBA总决赛中辽宁对阵四川,在第三场比赛结束之后,辽宁队员与四川球迷发生了激烈冲突,造成了球员球迷多人受伤,极大降低了球员的社会公信力。又如2017年3月中超第2轮比赛中,上海球员秦某由于踩踏对手脚面被红牌罚下,随后球员孙某向罚失点球的对手竖大拇指的行为引发争议,受到国内外社会舆论的强烈抨击。2022年1月,在中超保级战附加赛当中,大连某俱乐部球员杨某由于不满判罚,在赛后对裁判大打出手,严重影响了比赛秩序和社会安全,被中国足协处以禁赛一年、罚款20万元的惩罚。

2. 球员调用的支持度不高,服务国家队的意识不强

职业体育运动员具有商业和政治双重属性,不仅要为俱乐部赚取利润,还有义务为国家竞技体育发展服务。无论何种类型的俱乐部,其发展都依托于国家社会带来的稳定环境。因此,当自身发展与国家需求存在矛盾时,俱乐部应积极协调,更好地为国家队建设服务。从我国职业体育俱乐部发展现状来看,部分俱乐部仍存在对球员调用的支持度不高、服务国家队的意识不强的问题。例如,为准备2022年的东亚杯足球锦标赛,中国足协提前展开对球员的征调工作,北京、上海部分俱乐部球员收到了征调函,但由于中超联赛开赛时间较晚,赛程被严重压缩,致使联赛无法为东亚杯的举办而暂停运营。然而,被征调的球员大多为俱乐部球队的关键队员,如果因参与国家队而缺席下一阶段的比赛，不仅会降低俱乐部的竞赛成绩和盈利水平，还容易在高强度的国际比赛对抗中受伤，影响俱乐部的经营发展。此种情形下，大多被征调的俱乐部与相关球员都对国家队的征调不太支持。

三、社会文化责任履行现状与问题

（一）社会文化责任履行现状

1. 拓展俱乐部宣传渠道，传播多元信息与文化

我国职业体育的持续发展促进职业体育俱乐部利用多种宣传渠道传播信息。具体而言，中超和CBA官方媒体的宣传布局更加完善、内容日趋丰富，包括赛事和公益等多方面活动信息，在这样有益的引导下，各联赛俱乐部也逐步优化运营官方认证媒体账号等媒体传播渠道。对于商业信息，中超和CBA都以定期公布商业价值报告等形式进行宣传，例如《中国足球协会超级联赛——2020赛季商业价值白皮书》和《CBA球迷研究和商业价值报告》等。同时，部分俱乐部也会发布财务报告[1]，将俱乐部年度营收与亏损金额进行量化公开，接受社会监督。对于文化传播，各俱乐部和球员结合自身实际情况开展，如2021年，某俱乐部球员的母亲去世，在不久后的母亲节，该俱乐部推出了一款以其母亲为主题的文化衫，在纪念球员母亲的同时，引发了社会对于母亲的关注。此外，我国职业体育俱乐部也积极开发多元化传播载体，除巩固以往的电视转播和新闻门户类网站等传播途径外，还与时俱进，积极通过网络直播、短视频、社交媒体和论坛网站等渠道进行信息传播，如中超某俱乐部部分球员以拍摄球队文化短视频的形式，帮助俱乐部更好地发挥其社区发展和文化宣传的功能，在提高球队知名度的同时，也向社会传递了正能量，较好地承担了俱乐部的文化传播责任。

---

[1] 同曦篮球2021年财报：从CBA获分红2285万元，获工资帽调节费173万元[EB/OL].（2022-04-24）[2022-04-24]. http://www.sportsmoney.cn/article/110223.html.

2. 对员工的人文关怀增多，传播社会和谐文化

随着我国职业体育俱乐部综合实力的增强，各俱乐部也将"以人为本"的社会主义建设理念贯彻其发展运营。据了解，为体现对球员、教练员等内部员工的人文关怀，中超俱乐部通过微博、公众号等媒体平台制作祝福推送，开展了包括"庆祝员工生日/新婚/生子"及"慰问患病/受伤员工"等社会责任活动。同时，我国职业体育俱乐部还积极传播社会和谐文化，例如2019赛季，中超举办了以关爱特殊儿童为主题的"超越·爱"公益系列活动，联合16家俱乐部贯穿全赛季进行，在多达16站的活动中，中超俱乐部共与640名儿童进行了互动。《中国足球协会超级联赛——2020赛季商业价值白皮书》调查显示，新冠疫情期间，在不同类型的社交平台与不同的传播媒介中，足球运动的关注度和信息曝光度始终处于各类运动相关报道的首位，国内球迷对于中超的关注度也在新冠疫情期间有了较大提高。在中超发布的相关球迷报告中，球迷心中的中超俱乐部球队在综合实力、专业性和信息公开性等方面皆有提升，中超品牌带来的球迷印象中"可信任的""知名的""中国的"等联想词汇出现频率持续增加。

（二）社会文化责任履行存在的问题

1. 违反诚信经营与公平竞争的行为频现

近年来，尽管各类职业体育俱乐部的诚信文化培育情况有所改善，但与世界一流俱乐部相比仍存在一些问题。一方面，"阴阳合同"和"谎报年龄"等失信事件损害了俱乐部和球迷消费者的权益。例如，2018年青岛某篮球俱乐部与球员违规签订了"阴阳合同"，双方都受到了严厉处罚，其中俱乐部被处以巨额罚款、球员则被禁赛一个赛季。又如2022年6月，针对中超俱乐部球员宋某存在的姓名和年龄造假行为，中国足协对其处以禁赛7个月的严厉处罚。诸如此类的行为容易引起恶性竞争，不利于行业内诚信经营文化氛围的形成。另一方面，部分俱乐部存在"拖欠薪资"等行为，在体现俱乐部营

利能力不足的同时，还侵犯了球员等员工的正当权益，这不仅不符合企业"诚信至上"的经营原则，还严重打击了球员工作的积极性，不利于俱乐部与球员的互信互利。

2. 体育文化建设水平有待提高

主要表现在以下三方面：其一，俱乐部国际比赛竞争力较弱，竞技体育文化引领效果不佳。2021赛季亚冠联赛小组赛Ⅰ组次轮，中超某俱乐部以0∶7的悬殊比分败于日本J联赛俱乐部，成为亚冠赛场中国俱乐部历史最惨痛失利。次年初，在亚冠联赛小组赛首轮角逐中，中超另一俱乐部对阵韩国K联赛俱乐部再次以0∶7的悬殊比分惨败。诸如此类的国际赛场的竞赛成绩极大地打击了国内球迷的观赛热情，削弱了国家体育荣誉感和集体凝聚力，对体育文化的传播与培育造成负面影响。其二，国内联赛产品质量较低，体育消费文化培育困难。以2022年CBA季后赛为例，从12进8开始的全部11场系列赛，除了山西与广州的比赛是以2∶1获胜，其他场次均为横扫，整体结果显得强弱分明、悬念较低。这种竞技水平失衡、缺乏观赏性的比赛环境，直接降低了职业联赛的核心吸引力及社会公众的关注度，不利于培育积极健康的赛事文化和观赛文化。其三，俱乐部对社会公众体育参与需求的关注不足，致使其对全民健身文化氛围的促进作用有限。例如，《2020—2021赛季CBA球迷和商业价值研究报告》的数据显示，CBA球迷大部分为男性，占比高达74.5%[1]。由此可见，俱乐部在吸引和服务女性等特定群体方面存在明显不足，在营造包容、多元、面向不同人群的体育参与氛围方面缺乏主动性和实效性，难以对全民健身文化氛围的营造和健康生活方式的普及产生积极效应。在此情形下，体育文化的健康培育与广泛传播受到了严重阻碍，难以充分发挥俱乐部在提升国家竞技体育形象、促进公众体育消费、激发全民参与热情等方面的功能作用。

---

[1] 2020—2021年CBA球迷和商业价值研究报告[EB/OL].（2022-04-16）[2022-04-23]. https：//wenku.baidu.com/view/1bab5822753231126edb6f1aff00bed5b9f373de.html.

四、社会建设责任履行现状与问题

(一) 社会建设责任履行现状

1. 开展多样化的公益慈善活动

开展慈善事业是各类企业早期履行社会责任的主要形式之一，基于体育在社会中的广泛影响，体育企业能够通过开展公益慈善活动取得较好的履责成效。2021年7月，中国足协与亚洲足协联合公益机构、企业、俱乐部等社会力量组织举办的"梦想中国"活动，于浙江省级机关北山幼儿园及杭州星洲小学启动，在此期间，参与活动的中超俱乐部向青少年送去足球训练的相关运动装备，以支持他们的足球梦想。同时，俱乐部也致力于弱势群体的体育参与。例如，为了增加女性参与足球运动的机会，中超众多俱乐部和运动员都参加了由国际足联和中国足协联合组织的"Live Your Goals（追梦）"活动，近百名女足优秀运动员担任活动大使，为女孩们带去了先进的足球教育，2016—2018年，近5万名女孩通过该活动参与了足球运动，有效扩大了足球运动的群众基础[1]。再如，CBA某地男篮、女篮俱乐部从2017赛季便和其省体育局合作，在每场比赛中设置200个"惠民座席"，免费提供给环卫工、残疾人、农民工等群体，为他们带来娱乐休闲和体育参与的机会。在慈善事业方面，各俱乐部和球员也有积极的表现。2021年7月，在我国河南省洪灾持续泛滥的情况下，20家CBA俱乐部共同捐赠200万元人民币，用于支援河南受灾群众灾后生活物资募集，支持河南洪水灾区救援行动[2]。2022年初，吉林省突发新冠疫情，一球员在备战CBA赛事的同时筹集防疫物资，第一时

---

[1] "Live Your Goals"女孩足球节，助力女孩绽放足球梦想 [EB/OL]. (2019-02-13) [2022-04-28]. https://www.sohu.com/a/294524723_171913.

[2] 一方有难，八方支援！CBA联盟捐赠200万，支援河南受灾群众 [EB/OL]. (2021-07-22) [2022-04-27]. https://baijiahao.baidu.com/s?id=1705975004167930761&wfr=spider&for=pc.

间向吉林省的公安民警和辅警捐赠了价值 12 万余元的防疫物资[1],为社会树立了优秀的体育榜样。

2. 助力城市发展,开展社区活动

助力城市发展,开展社区活动是我国职业体育俱乐部履行其社会建设责任的重要方式。有关研究表明,CBA 福建某俱乐部的发展对福建省晋江市的经济增值有着明显的促进作用,特别是对租聘、媒体宣传、住房、餐饮和金融等产业都产生了大量诱发产值,整体上推动了晋江第三产业的发展[2]。对于广东东莞而言,其当地职业体育俱乐部影响力的扩大对促进东莞体育产业发展具有重要影响,有效带动了体育服装、运动鞋等体育产品的生产,从而为当地创造了大量的就业岗位和机会[3]。北京某足球俱乐部通过对场馆的高效利用造福城市居民,该场馆不仅为当地球迷观众提供精彩的体育赛事,还在休赛期开展各类体育主题的夏令营活动和轮滑等体育赛事。同时,体育场的高效利用带动了周边餐饮和住房等产业的发展,为地区经济发展增添了新的动力[4]。俱乐部积极开展社区活动回馈其所在社区。例如 2019 年 11 月 2 日,北京某俱乐部在北京丰台区天信英合商务花园进行了社区活动,活动主要为青少年球员提供了包括"足球飞镖""定点射门""超级障碍跑"等 5 个体验项目。俱乐部多位一线球员到场为小球迷做动作演示和技术指导。该活动吸引了上百名家长和小球迷到场参与,为社区和社会传递了正能量[5]。此外,部分俱乐部还开放了各类体育运动场所,为社会公众的体育参与提供了

---

[1] 真爷们儿有担当! CBA 国手为家乡吉林捐赠 12 万防疫物资 [EB/OL]. (2022-03-17) [2022-04-27]. https://baijiahao.baidu.com/s? id=1726915631255210476&wfr=spider&for=pc.
[2] 林兆昌. 城市拥有职业球队的优势及正外部性 [D]. 福州:福建师范大学,2009:46.
[3] 罗江波,胡剑波. 我国职业体育俱乐部的建设与城市发展探析——以东莞为例 [J]. 成都体育学院学报,2010,36 (6):40-42.
[4] 韩莹雪. 中超足球俱乐部与城市经济发展水平的相关性研究 [D]. 北京:北京体育大学,2017:24-25.
[5] 人和球员进社区传递足球梦,俱乐部未来继续扎根社区 [EB/OL]. (2019-11-02) [2022-04-28]. https://news.sina.com.cn/c/2019-11-02/doc-iicezzrr6760814.shtml.

平台。

(二) 社会建设责任履行存在的问题

俱乐部在城市和社区的嵌入度不高。主要表现在两个方面：其一，地方企业与个人持股比例较低。据调查，中超 16 家俱乐部股权结构以单一股东或一家股东独大的情况居多，且地方企业和个人参与投资较少。从 J 联赛俱乐部治理经验来看，这样的股权结构容易产生财务风险，也不利于俱乐部真正扎根地方发展。尤其在近年的政策调控背景下，部分民营企业持股公司的俱乐部出现了资金危机，原有的运作模式难以维持。其二，社区活动的系统性和特色性不足。尽管当前我国职业体育俱乐部参与社区建设的活动逐渐增加，但总体来看，俱乐部举行的社区活动较为零散，缺乏组织的连续性，难以形成长期的社会效益。此外，大部分俱乐部所开展的社会建设活动未能融入和体现俱乐部自身特色的相关元素，如城市地标、俱乐部传统、明星运动员等，使地方群众的认同感和归属感偏低，不能最大限度地开发活动的价值。究其原因，一方面，在管办分离改革不彻底的情况下，部分俱乐部未能真正实现财务管理自主化，过于依赖现有相对单一的股权结构，社会力量难以参与持股；另一方面，俱乐部对社会责任的认识存在问题，未能施行社会责任制度化管理，以致于俱乐部在承担城市和社区建设责任时存在功利化和敷衍了事等现象。

五、社会生态责任履行现状与问题

(一) 社会生态责任履行现状

开展环保活动，宣传生态保护理念。2015 年 6 月 3 日，辽宁男篮某球员以辽宁环境形象大使的身份出席了由辽宁省环境保护厅举办的环保公益活动，他在现场与球迷们互动，进行了垃圾分类和投篮表演活动，为迎接 6 月 5 日世界环境日而向全社会发出了积极的倡导，以此号召粉丝以及社会各界人士

第五章　新时代中国职业体育俱乐部社会责任发展思路与推进路径

共同关注环保、参与环保，共同践行绿色生活方式[1]。2017年2月12日，在天津某队对战上海某队的比赛中，身着统一绿植主题服装的篮球宝贝摘掉防毒面具，在现场营造的"霾"中舞动，周身绿植仿佛为其提供了清新的氧气，以生动形象的方式向观众传达了环保理念。在2018年CBA夏季联赛期间，四支俱乐部球队的球员们走进极地海洋公园和海水浴场，参与海洋环保、义卖捐款等活动，从而吸引更多人投身海洋环保事业，共同保护海洋环境[2]。2018年，CBA在进入第24个赛季后，不仅在篮球发展方面取得了重大成就，还明确了自身在传播公益环保理念方面的社会责任感。诸如此类的生态环保活动和倡议都显示出我国职业体育俱乐部对生态责任的履行正逐步落实。

（二）社会生态责任履行存在的问题

1. 俱乐部管理者对社会生态责任认识不到位

管理者的个人态度是推动企业履行生态责任的重要因素[3]。与一般的生产型企业相比，职业体育俱乐部等体育企业对环境的污染较小，因此容易导致俱乐部管理者对社会生态责任的认识和理解不到位。中国篮球协会社会发展部许老师表示："对于经济、政治、文化等方面的社会责任，各俱乐部都有着较高的认同感，也能积极参与履行，但由于俱乐部在发展的过程中与环境生态的联系容易受到忽视，所以俱乐部对生态责任的关注度相对较低"[4]。我国体育职业化改革依靠政府的支持与指导较多，致使职业体育俱乐部履责主动性较低，行业内尚未形成较好的社会生态责任履行氛围，极大限制了俱乐部社会生态责任实践活动的开展。

---

[1] CBA第一颜值献身公益，世界环境日杨鸣任环保大使 [EB/OL].（2015-06-06）[2022-04-27]. https://3g.163.com/sports/article/ARE276KV00052UUC.html.

[2] CBA硬汉化身"海洋萌宠"夏季联赛助力环保事业 [EB/OL].（2018-08-29）[2022-04-27]. https://www.sohu.com/a/250704409_461606?_f=index_pagerecom_15.

[3] SALOME L, VAN BOTTENBURG M, VAN DEN HEUVEL M. 'We are as green as possible': environmental responsibility in commercial artificial settings for lifestyle sports [J]. Leisure Studies, 2013, 32 (2): 173-190.

[4] 访谈许老师（中国篮球协会社会发展部），时间：2020年2月10日，形式：电话咨询。

2. 社会生态责任管理制度化程度较低

制度压力是推动企业履行生态责任的主要驱动力,它通过影响生态环境管理体系,促使企业进行相应履责实践并最终提升企业的履责成效[1]。然而,从我国职业体育俱乐部对社会生态责任的履行现状来看,俱乐部与其上位管理机构都未能将社会生态责任制度化,履责实践多为零散的环保宣传活动,且对专业环保机构等社会资源的利用率较低。这样的履责方式既不利于统一管理,也难以实现生态责任履责效益的最大化。究其原因可能在于:我国职业体育俱乐部社会责任管理制度不完善甚至缺失,且未将社会生态责任有效纳入俱乐部社会责任内容体系,造成俱乐部履行社会生态责任的外部压力和内部动力不足。

第二节 我国职业体育俱乐部社会责任发展的基本思路

一、我国职业体育俱乐部社会责任发展的总体目标

(一)实现俱乐部社会责任的普及化、时代化、中国化

研究我国职业体育俱乐部社会责任的根本目的在于,推动俱乐部履责水平的提升,创造更多的社会效益。实现这一目标,首先需要促进社会责任在我国职业体育俱乐部中的深度嵌入与融合,笔者认为具体可从以下三方面体现。

第一,普及化。无论何种规模和类型的职业体育俱乐部,其生存与发展都依赖社会,都肩负着履行社会责任的义务。从经济性是企业的根本属性这一角度出发,俱乐部所进行的一切生产、经营、管理活动都属于履行社会责

---

[1] PHAN T N, BAIRD K. The comprehensiveness of environmental management systems: The influence of institutional pressures and the impact on environmental performance [J]. Journal of Environmental Management, 2015, 160 (1): 45-56.

第五章 新时代中国职业体育俱乐部社会责任发展思路与推进路径

任的行为。但是，如果一个俱乐部只是一味地追求经济利益而忽略了回馈社会，终将会被社会淘汰。因此，本研究所提出的社会责任的普及化并非低层次、低强度的实践，而是基于"五位一体"总体布局所包含经济、政治、文化、社会、生态五方面的全面履责实践。然而，虽然当前社会责任理念已在我国职业体育俱乐部中传播开来，但我国职业体育俱乐部发展较为滞后、自身实力有限、外部推动压力不足等因素，致使相当数量的俱乐部管理者对社会责任存在认知偏差，导致社会责任实践开展受限。因此，只有实现俱乐部履行社会责任的深入普及，才能为营造良好的行业履责氛围，为各类俱乐部积极开展履责实践提供推动力。

第二，时代化。从社会责任理念在世界范围的传播来看，社会责任的价值内核绝非守恒不变，恰恰相反，由于其诞生和发展过程都是基于社会发展的时代背景而进行的，因此，企业社会责任观体现了一定时期内社会公众的共同诉求和价值认同。对我国职业体育俱乐部而言，社会责任的时代化发展主要有两点原因。一方面，新时代背景下我国经济发展导向已由高速增长阶段转向高质量发展阶段，俱乐部作为推动我国体育经济发展的重要主体，在此背景下的履责实践应当及时与时代接轨，打造创新型高质量发展样态；另一方面，新时代下我国社会的主要矛盾也发生了重大变化，社会公众的责任消费意识逐渐觉醒，在这种观念的引导下，内外部的各类利益相关主体会对俱乐部产生多元化的社会期望，倒逼俱乐部生产和提供更符合时代要求的产品和服务[1]。综上，只有与时俱进、及时更新，职业体育俱乐部的社会责任实践才能符合时代价值诉求，迸发出更加持久的生命力。

第三，中国化。即使再成熟的国外经验，也始终难掩社会责任之于我国职业体育俱乐部是"舶来品"这一事实，因此需要将其进行本土化改造，使其能够与我国国情相适应，体现中国特色。具体而言，要立足我国民族传统文化，把握当前我国经济社会环境特征和本土技术要素，推动社会责任与我

---

[1]李锦华，芮雪. 新时代加强企业社会责任建设的建议[J]. 社会治理，2019（9）：34-37.

151

国"五位一体"总体布局深度融合，同时还要积极引入多元化的方法和理念，将国外先进社会责任价值理念融入我国职业体育俱乐部的民族化、社会化进程，凸显俱乐部自身的中国化特征。对此，需要俱乐部树立守正创新意识，积极推动社会责任中国化的理论和实践创新。一方面，总结我国体育职业化改革及国外职业体育社会责任发展的宝贵实践经验，在"守正"的基础上，通过丰富中国职业体育俱乐部社会责任理论进行理论创新；另一方面，充分利用社会责任中国化的理论指导落实符合中国国情的履责实践，在保持社会责任底色的基础上，呈现具有中国特色的美丽成色。

（二）形成俱乐部"五位一体"社会责任发展的新局面

1. 社会经济责任：自身营利能力显著提高，履责能力逐步增强

在一定范围内，自身规模越大、营利能力越强、社会影响力越大的俱乐部能够对多元利益相关者开展更高质量的履责实践。因此，实现自给自足、不拖欠员工薪资、具有应对一定经济风险的能力是当前我国职业体育俱乐部的首要发展目标。同时，俱乐部营利能力的提升与利益相关者的履责实践是伴随进行的，具体而言可分为三个阶段，第一阶段，通过优化赛事表演和服务的方式培育稳定的球迷消费者群体，增加观赛门票和周边产品服务的收入，增加俱乐部基本的运营经费，并履行对股东、员工、管理者等内部利益相关主体的责任。第二阶段，在合法合规的前提下进行广告宣传、赛事表演和经营管理，以履行对赞助商、观众、竞争对手等外部价值链利益相关主体的责任。第三阶段，建立更加广泛的关系和利益共享机制，更加重视非价值链的利益相关主体的需求，根据自身能力对社区、政府、环保组织等主体开展以公益性活动为主的履责实践。

2. 社会政治责任：服务国家队功能日益优化，对外人文交流增多，多渠道维护社会安全稳定

在党中央的有力领导和我国各级政府的统筹管理下，各职业体育俱乐部自身的综合实力将得到显著提高，俱乐部管理者也具备了更高的政治觉悟，在运营生产中能够协调好个体利益与集体利益之间的关系，从而更妥善地处理俱乐部效益最大化与服务国家队建设之间的利益冲突。在此背景下，俱乐部不仅能积极配合完成国家队对球员与教练员的征调工作，还能为被征调的球员与教练员制订针对性的工作计划，更好地协调其训练与竞赛管理。同时，各俱乐部应根据自身实力与地方特色健全完善青训体系，并积极与国际一流职业体育俱乐部进行资源交流与共享，全面促进义务阶段之后各年龄段的青少年培训向专业化和国际化的方向发展。对于义务阶段及之前年龄段的青少年群体，各俱乐部与其当地青训体系较为完善的中小学建立了稳固的合作伙伴关系，俱乐部分享教育教学资源，并接收来自中小学的具有良好发展潜力的后备体育人才，为其提供更为针对性、专业性的职业发展规划指导。在对外人文交流方面，随着我国对外开放格局的持续扩大和"一带一路"等多边合作框架的健全完善，职业体育俱乐部能够在政府部门的组织领导下积极参与各类相关体育赛事活动，通过体育赛事交流为增强与"一带一路"国家间的政治互信做出贡献。针对社会安全的维护，俱乐部对内完善内部利益分配机制，使员工薪资和投资人收益分配更加科学化、合理化，从根本上避免了矛盾冲突。俱乐部管理者与多方利益相关者的沟通协商次数增加，矛盾纠纷能够得到及时有效的解决。对外方面，由于俱乐部内部管理者与员工综合素质和业务能力的提升，赛场暴力、球迷骚乱等事件显著减少，形成和谐共赢、有序竞争的行业氛围。同时，俱乐部的组织经营与管理更加合法化和规范化，与政府的交流和联系更加紧密，在政府与公众间有效承担了沟通纽带的作用。

3. 社会文化责任：形成诚信经营商业文化，深入践行社会和谐文化，广泛传播体育文化

虽然俱乐部对社会文化责任的履行需要以经济、政治责任的发展为基础，但只有持续深化自身文化建设，俱乐部经营与管理行为才能符合我国经济社会发展的价值导向，得到社会公众的认同与拥护。第一，形成诚信经营商业文化。无论哪种规模和项目类型的职业体育俱乐部，都具有企业属性，其生产运营发展都需通过诚信经营来实现。在体育企业管理政策法规不断完善、市场环境持续净化、公众监督意识不断增强的外部环境下，俱乐部经营者和管理者能够认识到俱乐部诚信经营带来的社会效益，从而在经营生产、信息披露、球员转会等多方面形成诚信经营的商业文化。如此一来，将有效减少打假球、收受贿赂、签订阴阳合同等违法违规的失信现象，促使俱乐部树立优质品牌形象。第二，深入践行社会和谐文化。俱乐部应将"以人民为中心""以人为本"的发展理念作为指导思想建立其用工文化，促进内部机构、部门、员工间矛盾和利益冲突的调和。在严格遵守《劳动法》和《劳动合同法》等法规的基础上，提供多种员工福利。同时，对员工的人文关怀不止停留在口头祝福，更要给予其实质性的奖励与支持，激发其努力工作的积极性。第三，广泛传播体育文化。随着我国职业体育改革的持续深化，我国足球、篮球等国家队竞技水平显著提高，国际赛场成绩改善，形成更为先进的体育文化。在此背景下，俱乐部积极向国家队输送体育人才，以在国际赛场为国争光、传播先进体育文化为荣。职业体育发展所面临的社会环境得到改善，人民的体育参与需求日益增长，俱乐部能够深入社区举办活动、赛事，满足社会公众需求，促进体育文化传播。

4. 社会建设责任：公益慈善活动增加且形式多样、服务城市社区建设实现共赢

俱乐部自身盈利的增加为公益慈善和服务城市社区等活动提供了经费支持，加大了俱乐部慈善投资力度，也提升了城市和社区服务的质量。在社会影响持续扩大的情况下，俱乐部能够获取更多的社会资源，通过与各类社会力量的合作增加履责实践的实施方式。例如，与专业环保机构、赞助商等合作，科学开展环境保护活动、推动场馆绿色运营等。俱乐部也能在此过程中进一步扩大自身影响力，形成良性循环。在实践层面，俱乐部对球队训练与竞赛的系统化管理使球员与教练员的时间利用更加高效，尤其是球员的训练和恢复时间得到科学规划，不仅能较好地完成各类履责活动任务，还能在深入社区的过程中享受乐趣、培养社会责任意识，进而产生持续的内在履责驱动力。在这种引导下，球员、教练员等员工群体的社会责任感和地域归属感将显著增强，能够把对俱乐部品牌的塑造和对社区形象的维护进行有机结合，使员工在工作、生活和履责实践中能以更高的标准严格要求自己，实现员工、俱乐部、城市社区的共融共赢。

5. 社会生态责任：生态责任理念更具时代性，构建由内向外的履责格局

虽然目前国内职业体育俱乐部对生态责任履行的关注度不够高，但基于新发展理念、生态文明和建设美丽中国的基本遵循，推动自身与环境的和谐持续发展将成为我国职业体育俱乐部实现高质量发展的重要着力点和突破口。未来，基于我国其他行业和国外先进职业体育俱乐部环境保护理念的良好带动作用，生态责任理念在我国职业体育俱乐部中的嵌入度将逐渐增加，俱乐部管理者对于人类、体育、自然环境间和谐共生的认同感将会显著提升。俱乐部在完善内部管理制度与营造特色文化的基础上，能够根据自身实际情况和时代发展特征建立生态责任理念，进而科学地指导履责实践。在具体实践中，俱乐部能够在专业环保组织的指导下，激活多种社会资源，从内部绿色运营管理、打造绿色体育赛事、举办生态环保活动、进行社会环保倡议等方面开展生态责任实践，构建由内向外的"俱乐部—赛事—活动—社会"分层生态责任履行格局。此外，俱乐部还应积极将生态责任履行成效发布在专业环境监管网站等平台，接受社会监督与反馈。

二、我国职业体育俱乐部社会责任发展的基本原则

（一）协同治理原则

协同治理以解决问题为导向，由多元利益相关者参与，共同承担跨越边界的责任，从而实现公共政策决策和公共事务管理的实践[1]。2020年8月

---

[1] 闫亭豫. 国外协同治理研究及对我国的启示 [J]. 江西社会科学, 2015, 35 (7): 244-250.

24日，习近平总书记在主持经济社会领域专家座谈会时，就正确认识和把握中长期经济社会发展重大问题发表重要讲话，强调"要完善共建共治共享的社会治理制度，实现政府治理同社会调节、居民自治良性互动，建设人人有责、人人尽责、人人享有的社会治理共同体"。从本质上讲，企业社会责任实践属于社会性活动，需要所涉及主体共同参与建设和治理。并且，在这一过程中，各参与主体不能仅在自身基本责任范围内"固步自封"，还应积极参与其他主体的责任履行，以实现对相关责任和事务的全员治理和建设。从社会责任属性特征的角度讲，企业社会责任是特定社会发展阶段下的产物，它的诞生代表了利益相关主体的共同意志。然而，由于社会责任内容的层次性、履责对象的多元性及面临问题的复杂性，其实践过程注定需要多方配合协作完成。具体而言，我国职业体育俱乐部社会责任治理可分为内外两方面。内部协同方面，职业体育俱乐部在构建社会责任管理体系的过程中，应积极促进各部门的沟通配合与协同参与，提高社会责任活动或计划的管理和实施效率。同时，由于活动的开展效果主要取决于组织者的实施水平，因此，俱乐部还应加强球员、教练员、普通员工等内部利益相关者的协同参与意识，确保俱乐部社会责任实践活动的质量。外部协同方面，俱乐部对外可与其他企业、机构和组织等建立战略合作伙伴关系，利用不同机构组织的职能专长和社会资源，协同开展多种类型的社会责任实践活动。例如，与政府机构合作开展社会公益活动、与国外职业体育俱乐部合作进行青少年球员的联合培养、与第三方媒体合作扩大社会责任活动宣传等。在此过程中，俱乐部不仅能发挥各合作伙伴的优势，还能弥补自身在经济实力、宣传能力和实践专业性方面的不足。例如，与赞助商举行线上周边产品的售卖活动，可以在减轻俱乐部经济压力的同时，也通过消费者对产品的使用扩大俱乐部的社会影响，加强俱乐部与社会公众间的紧密联系。

（二）系统推进原则

"系统"一词来源于英文"system"，即若干部分相互联系、相互作用形成的具有某些功能的整体。而当"系统"作形容词时，其释义为有条理的、连贯的[1]，多应用于管理学原则，用来衡量决策能否保证整个被决策系统内外联系处于最佳状态。它强调科学决策须将所涉及的系统、关联系统以及构成各个系统的相关环节都考虑在内，进而做出与环境协调一致、利于协同发展的整体最优方案[2]。在俱乐部履责过程中，如果缺少科学系统的统筹规划，则很有可能难以兼顾全面、有效实施行动，造成顾此失彼、因小失大的局面。如因一味追求短期内球队竞争实力的提升，而过量引入外援，忽略了俱乐部自身青训体系建设；为了履行对赞助商品牌的宣传义务，在场边设置不合理广告牌，导致球员救球时受伤[3]等情况。这样的履责实践显然未能进行统筹协调，使不同利益相关主体产生了利益冲突，也未能处理好短期效益与长远发展的关系。如此一来，不仅降低了履责的整体效率，还容易弱化履责主体的积极性。由此可见，有效的社会责任履责实践并非仅靠俱乐部的"一腔热血"就能实现，它需要一套科学且注重长效的方法体系指导推进，才能产生持续的经济与社会效益。具体来说，职业体育俱乐部首先应确认参与主体、履责方向、实施计划等内容，再将责任明确分配给参与部门和个人，并在实践实施的全过程给予跟踪指导。最后，积极开展绩效评价与总结反思，根据实施过程中出现的问题调整实施方案，形成可持续的正向循环。在履责实践内容的选择上也应当循序渐进，从国外社会责任发展较好的职业体育俱乐部的先进经验来看，俱乐部在确保自身盈利后，公益慈善活动成为其履行社会责任的主要方向。一方面是因为当时的社会责任理论与实践正处于初级发展阶段，本身具有一定局限性，另一方面则是由俱乐部规模较小、可利用社会资源较少等原因导致的。而当俱乐部具有一定的经济实力和社会影响力

---

[1] 系统 [EB/OL].[2022-05-09]. https://baike.baidu.com/item/系统/479832?fr=aladdin.
[2] 系统原则 [EB/OL].[2022-05-09]. https://baike.baidu.com/item/系统原则/22265603?fr=aladdin.
[3] 突发！CBA广告牌又伤人，深圳队长为保护对手，被广告牌压倒在地 [EB/OL].(2022-04-10) [2022-05-09]. https://baijiahao.baidu.com/s?id=1729709418003358568&wfr=spider&for=pc.

之后，才能较好地承担其政治责任和生态环境责任，进而避免了与自身实力不匹配的履责行为。在确认履责对象的过程中也同样如此，即应首先满足俱乐部内部利益相关主体的利益，再逐渐向外扩展，满足价值链利益主体和非价值链利益相关主体的利益需求。

(三) 区别对待原则

马克思主义认为，世界上的一切事物都充满矛盾，而且每个事物的矛盾还各有特点，如不进行具体分析，便无法深刻地认识和改变世界。对于我国职业体育俱乐部社会责任而言，不同俱乐部的实际情况、不同利益相关者的自身需求、不同情况下的履责决策等都需要俱乐部与其相关的管理机构进行区别对待、具体分析。第一，区别对待不同规模和发展水平的职业体育俱乐部。不同俱乐部由于经济实力、社会影响力等方面存在的巨大差异，履责能力差距较大。由此看来，如果以固定的履责标准统一要求所有的俱乐部，那么不仅会使综合实力较弱的俱乐部难以完成要求，还会挫伤其履责积极性。因此，政府、体育协会、职业体育联盟和俱乐部等主体在对俱乐部履责实践进行指导和规范时，应当首先对俱乐部履责能力进行判断，从而制定符合其实际情况的履责任务和目标。第二，区别对待不同的利益相关者群体。由于出发点和立场不同，不同利益相关者对俱乐部履责实践有着不同的需求和期待。对股东来说，俱乐部能够尽可能多的营利便是其主要诉求；对赞助商而言，则希望俱乐部能够扩大自身的社会影响力和知名度，进而帮助赞助商进行更好的品牌宣传；对球迷和观众而言，能够欣赏精彩的赛事产品和服务、获得愉悦的观赏体验是其观赛的主要目的；对政府而言，俱乐部应当利用其广泛影响力积极参与社会安全的维护，发挥带动作用等。由此可见，只有正确区分不同利益相关者的切身需求，俱乐部才能避免履责过程中的问题与纠纷，保证履责的有效性。此外，还有诸多方面也需要俱乐部根据不同形势和情况进行区别决策，如不同时期的履责形式应如何侧重（赛季、休赛期及疫情期间、停赛期间如何选择履责方式），针对不同履责内容应如何选择实践合作伙伴（商业活动选择赞助商、公益活动选择政府、生态保护活动选择专业环保机构）等。

（四）全面评价原则

"评价"是指通过计算、观察和咨询等方法对某个对象进行一系列的复合分析研究和评估，从而确定对象的意义、价值或者状态[1]。就评价这一环节在职业体育俱乐部社会责任实践中的功能而言，其意义在于帮助俱乐部检查履责实践情况，发现存在的问题，明确后续的发展方向，进而促进俱乐部履责水平的提升。对于职业体育俱乐部而言，一方面，其履责行为主要针对内部、价值链相关和非价值链相关等主体，评价主体数量较多且身份多样；另一方面，其履责内容可从多个维度进行划分评价，例如"三重底线"理论、"四位一体"理论[2]、ISO 26000 社会责任七种议题等。显然，多种学者观点和标准认定下的划分方式均说明了社会责任内容具有多样性，需要分别评价以获得整体性的客观结果。在评价主体方面，俱乐部应邀请包括由内向外、由价值链向非价值链发展的众多主体对其履责实践进行评价。对于内部利益相关主体的意见可通过股东大会、球队会议、员工大会及内部匿名信箱等方式收集，对于外部利益相关主体的评价，不仅可在俱乐部官方网站、公众号、微博等媒体平台开设粉丝评价通道，还可邀请第三方机构对观众与消费者的观赛和消费体验进行统计，以确保评价结果的客观性。在评价内容方面，宏观上可分为过程评价和结果评价，过程评价是为了监督俱乐部履责实践中存在不合规范和敷衍了事等行为，而结果评价则更注重检验其履责实践的有效性。这种评价虽具有一定的参考价值，但往往难以产生量化、明确的反馈结果。而微观上，可依据本研究基于"五位一体"总布局提出的社会责任内容体系，从社会经济、政治、文化、建设、生态五个方面对俱乐部履责成效进

---

[1] 评价 [EB/OL]. [2022-05-09]. https://baike.baidu.com/item/评价/13130272?fr=aladdin.
[2] 黄群慧，彭华岗，钟宏武，等. 中国 100 强企业社会责任发展状况评价 [J]. 中国工业经济，2009（10）：23-35.

行评价，以检验其履责实践是否与我国经济社会的核心价值观相契合、是否能满足各利益相关者的利益诉求。除此之外，对我国职业体育俱乐部管理者来说，还可从治理的角度对俱乐部社会责任进行评价，这样更有利于对俱乐部履责实践进行直接指导，例如，从履责主体的认知程度、俱乐部内部结构建设、社会责任管理制度建设等方面，对俱乐部社会责任的治理能力进行客观评价和绩效预估，该评价方式有利于发现具体的实施隐患和问题漏洞，为俱乐部制定改进措施提供有益参考。

第三节　我国职业体育俱乐部社会责任的推进路径

一、我国职业体育俱乐部社会责任协同治理主体及关系

2020年10月，党的十九届五中全会通过的《中共中央关于制定国民经济和社会发展第十四个五年规划和二〇三五年远景目标的建议》，明确了"十四五"时期社会发展的目标，在社会建设和治理方面，进一步提出"完善共建共治共享的社会治理制度""加强和创新社会治理"。全会的这一战略部署，为推进"十四五"社会建设和构建社会治理新格局指明了方向。完善共建共治共享的社会治理制度是我国长期社会治理实践探索获得的有益经验，也是新时代应对社会治理新挑战、新任务的必然要求。这一战略的实施要求和目标指向都与社会责任发展有着高度的契合性，即在多元主体参与下实现对社会事务的协同共治，为构建我国职业体育俱乐部社会责任协同治理模式提供了方向指引。从关系契约的观点出发，关系嵌入性是关系契约的首要特点，其中"关系"指契约得以发生的情景或社会条件，契约服务于交易，而每项交易都嵌入在复杂的关系网络当中，因此，必须将契约与其社会背景联系起来进行考察才能理解契约的深刻内涵。同时，与古典契约的交易完全由法律保障不同，关系契约依赖于自我履约机制，其中包含着很强的人格化因素，使参与交易的主体能够通过合作和其他补偿性技术处理和协调交易中出现的

第五章 新时代中国职业体育俱乐部社会责任发展思路与推进路径

问题。从这个角度看,职业体育俱乐部社会责任协同治理模式的提出既顺应了当前我国社会治理的发展逻辑,同时也是提升俱乐部履责有效性和持续性的内在要求。

如图5-1所示,本研究认为,职业体育俱乐部社会责任协同治理的主体主要由政府、体育协会、职业体育联盟、职业体育俱乐部和社会力量构成。各主体在俱乐部社会责任实践中的作用和功能如下:第一,国家市场监督管理局和环境保护局等政府部门应对职业体育俱乐部提出社会责任治理的要求,并在深化认识和实际操作方面提供相应方向引导。实践中,政府可实施针对性地奖惩措施以加强俱乐部履责的规范性,并通过合作和购买服务等方式为俱乐部履责提供驱动力。第二,对体育协会而言,应协助政府完成各类政策的落实工作并及时反馈俱乐部在履责过程中的相关需求,起到上传下达的协调枢纽作用。同时,协会还应持续深化"放、管、服"改革,在保证对联赛和俱乐部实施有效监管基础上,逐渐扩大俱乐部的自治空间,激发其社会责任治理的主动性和创造性。第三,作为俱乐部的直属管理机构,职业体育联盟可通过建立健全社会责任管理部门等方式对俱乐部社会责任实行专职管理,直接指导与监督各俱乐部的社会责任活动。并且,可尝试在联赛理事会中增加俱乐部代表和增设社会代表,适当提高俱乐部与社会力量的话语权,从而增加管理决策的科学性,避免执行过程中因利益冲突而产生不必要的纠纷。第四,职业体育俱乐部应在政府、体育协会及职业体育联盟的领导与约束下开展社会责任实践活动。实践中职业体育俱乐部不仅需深入社区,积极与企业、社会团体开展合作,为开展履责实践活动提供经费保障,还应科学规划球员、教练员等员工在履责实践中的行程安排和任务分工,以保证社会责任实践的有序开展。同时俱乐部应以呈交财务报表和履责进度表等形式向体育协会与职业体育联盟汇报履责情况,并通过联合上级主管部门或自身媒体宣传等方式向社会披露社会责任信息。第五,媒体与公众等社会力量发挥监督作用。媒体不仅要对俱乐部履责活动进行宣传,也要对其不负责任的行为及时披露报道，以接受社会公众的监督。随着社会公众维权意识的不断提高，观众和消费者可在通过官方联系方式、微博、公众号等渠道向俱乐部反馈意见的同时，积极使用法律武器维护自身合法权益。例如，针对俱乐部球队踢假球、球员场外伤人等不负责任的行为，公众可通过互联网平台进行曝光，进而实现对俱乐部履责的有效监督。

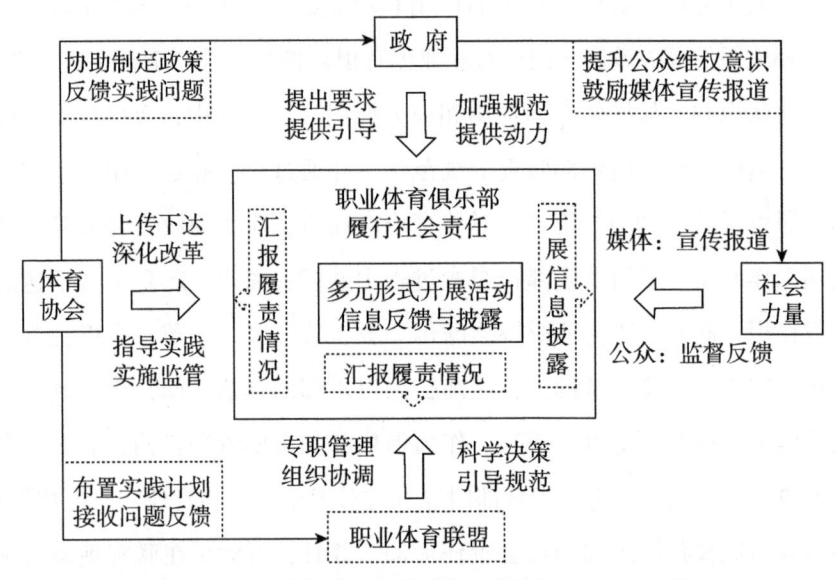

图 5-1　职业体育俱乐部社会责任协同治理主体关系图

二、我国职业体育俱乐部社会责任发展的具体推进路径

（一）政府层面

"外部性"是企业社会责任的根本属性之一，也正因该属性的客观存在，使市场机制主导下，企业开展社会责任的动力不足。显然，企业的履责行为除"自律"以外，还需要政府与社会组成的"他律"机制。由于我国公民社会发展较为滞后且市场经济建立时间较短，因此我国企业社会责任发展需要

第五章 新时代中国职业体育俱乐部社会责任发展思路与推进路径

在政府引导和企业内部履责系统的协调配合下共同完成[1]。对于我国政府在企业社会责任发展中具体作用的探讨,国内学界认为政府主要通过规制、示范、宣传、催化、合作等方式推动企业履行社会责任[2,3]。从国外职业体育俱乐部社会责任发展经验来看,美国、日本等国家政府对劳动力和资本市场的监管力度较低,其社会责任相关法规的制定实质上受到政府、非营利组织和企业三方影响。职业体育俱乐部履行社会责任通常是内发性行为,政府在此过程中主要起引导、确认、补充的作用。与之相比,我国职业体育的发展受政府的干预程度较高。这虽然在一定程度上规避了管理制度等方面的冲突隐患,为俱乐部发展提供了宏观引导,但却使俱乐部在发展过程中难以摆脱计划经济思维的束缚,间接造成了俱乐部履行社会责任的动力不足。因此,结合我国国情和职业体育俱乐部实际,本研究认为,政府可从以下三个方面推动俱乐部履行社会责任。

1. 完善相关法律制度,加强对俱乐部履责的规范引导

当前,我国政府对于职业体育俱乐部的法律与制度约束较为薄弱,主要体现在两方面,一方面,政府对与企业社会责任的有关立法较为分散,主要内嵌于《中华人民共和国公司法》《中华人民共和国劳动法》《中华人民共和国消费者权益保护法》《中华人民共和国环境保护法》等诸多法律法规中。总体来看,虽然已有的法律体系对企业履责行为产生了一定约束力,但并未形成系统的制度体系;另一方面,在有关体育事业的各类政策法规中,针对体育企业社会责任的规定和要求较少,使职业体育俱乐部履责实践缺少必要的方向指引。对此,建议从以下几点加强对俱乐部履责的规范引导。其一,持续完善与企业管理有关的各类法律,增加企业违法经营的风险成本,为俱乐部社会责任履行营造良好的宏观制度环境。在此过程中,应重视各种法律间

---

[1] 邓泽宏,何应龙. 企业社会责任运动中的政府作用研究[J]. 中国行政管理, 2010 (11): 45-48.
[2] 郑承志,刘宝. 企业社会责任推进中的政府行为[J]. 学术界, 2009 (4): 200-206.
[3] 何辉. 如何理解我国的企业社会责任现状:政府和企业关系的视角[J]. 中国社会科学院研究生院学报, 2013 (3): 139-144.

的衔接配套与协调一致,逐步构建企业社会责任法律制度体系。其二,颁布引导体育企业规范履责的政策性文件,为职业体育联盟和俱乐部在内的各类职业体育组织履行社会责任提供方向指引,尝试建立符合我国国情的体育企业社会责任管理制度体系,包括社会责任审计和信息披露等制度。其三,制定体育企业社会责任评价标准,不仅应包括体育企业社会责任内容取向等内容,还要具备识别体育企业履责主体层次性的功能,以帮助职业体育俱乐部明确履责实践中参与主体的权责划分,避免因权责划分不清而出现责任缺失等现象。例如,根据俱乐部的规模大小、收入情况、社会影响等指标将其划分为顶级豪门俱乐部、大型俱乐部、中型俱乐部和小型俱乐部,实施分类评价和指导。

2. 营造社会责任参与氛围,促进俱乐部开展履责行动

社会环境对企业行为有着重要的影响,政府可从以下两点营造企业社会责任参与氛围,以促进俱乐部开展履责行动。第一,政府发挥示范与带动作用。事实上,政治家与企业家之间是相互监督、比较、学习的,在政府的领导下,企业会产生模仿政府行为的行为。同时,政府作为一个组织,其本身也需要通过消耗社会资源维持运转,同样会对环境和社会产生影响。因此,政府中体育管理部门可带头履行社会责任,不仅能为职业体育俱乐部等体育企业履责起到示范与表率作用,也建立了政府部门与俱乐部间的互动关系,有助于"政府—俱乐部"履责格局的形成。第二,政府积极开展企业履责宣传。与国外相比,我国政府拥有强大的舆论宣传和组织动员能力,能迅速形成社会责任运动宣传态势,从而加速俱乐部价值追求的转变,提升其对社会责任的认识水平。对此,政府可利用其社会影响力,积极发动体育协会和职业体育联盟等社会责任履行主体,通过网络、书报等各种形式对俱乐部进行社会责任宣传与教育,如倡导环保节能办公、确保公务员录用无歧视对待等,促使俱乐部将社会责任的认识上升到发展战略高度。在宣传内容上,一方面,可将社会责任与弘扬民族文化结合,积极对我国传统文化中的和谐观、人本观、义利观等理念进行宣传,促进社会责任的中国化;另一方面,将社会责任与当代的科学发展观、人与自然和谐共生、以人民为中心等理念的宣传统一起来,赋予企业社会责任更加鲜明的时代精神[1]。

3. 建立俱乐部履责奖惩机制,加强与俱乐部的互动合作

从某种程度上讲,政府与企业在履行社会责任问题时并不只是简单的监管与服从关系,二者间也存在合作承担、协同共进的互动关系。本研究基于这样的逻辑,提出政府促进俱乐部履责的两条路径。第一,建立俱乐部履责奖惩机制。在奖励措施上,财税部门可尝试建立职业体育组织社会责任奖惩机制,对履责情况较好的俱乐部给予税收优惠政策,以鼓励其履责行为[2]。如我国2007年施行的《中华人民共和国企业所得税法》就体现了这方面的考虑,规定"企业发生的公益性捐赠支出在年度利润总额12%以内的部分,准予在计算应纳税所得额时扣除"。此外,政府还可以设立"体育企业社会责任优秀奖"以鼓励和宣扬俱乐部的履责行为。在惩罚措施上,以惩罚俱乐部的不诚信经营行为为主,包括"吹黑哨""打假球"等非法的俱乐部竞争,以及俱乐部在生产运营中弄虚作假和欺骗消费者等行为。对此要对存在该类行为的俱乐部进行定期通报,公布其社会责任承担情况,引导社会公众关注与监督。第二,政府加强与俱乐部的互动合作。在建设社会基础工程(如校园足球)等事务上,俱乐部拥有更灵活的市场机制和更高的建设效率,而政府能给予相应的支持与指导。因此,政府可根据俱乐部的企业属性和功能定位,通过与其合作建设社会工程和公共事务等方式促进俱乐部履行社会责任,在解决俱乐部资源缺陷等问题的同时,提升其履责效率。例如,2022年2月15日上午,北京市东城区体育局与北京国安俱乐部召开合作座谈会,会议围绕"东城区-国安体教融合突破方案",对下一周期东城区青少年足球的梯队建设

---

[1] 郑承志,刘宝. 企业社会责任推进中的政府行为[J]. 学术界,2009(4):200-206.
[2] 杨献南,张少杰. NBA联盟社会责任的核心内容、治理经验及启示[J]. 体育学刊,2022,29(1):61-68.

和人才培养途径进行深入探讨，以不断深化体教融合，促进合作共赢[1]。同时，政府在对合作伙伴的要求中，可纳入"绿色发展"和"社会责任"等考量指标，使俱乐部社会责任履行情况成为评标的重要因素之一，促进俱乐部自发性、自觉性履责。

（二）协会与联盟层面

1. 健全社会责任管理机构，推动俱乐部履责管理科学化

健全的组织机构能够更好地对俱乐部社会责任实践进行管理，明确各履责主体的权责边界，从而推动履责科学化。对于体育协会而言，其需要在政府与俱乐部间承担必要的桥梁作用，以便促进双方进行交流互动。因此，设置社会责任管理部门是我国体育协会内部机构完善的必要之举。实践中，社会责任部门一方面要协助政府完成对俱乐部社会责任管理的相关工作，如制定社会责任评价体系、推动政府与俱乐部的合作等；另一方面，要与协会内部其他部门协调配合，提高协会内部各项管理制度的科学性，积极实施俱乐部社会责任绩效管理，将社会责任发展理念融入协会组织机构和规章制度建设，为持续推动我国职业体育俱乐部社会责任发展奠定组织基础。对于职业体育联盟而言，可根据自身实际情况筹建相关管理部门和基金会，如CBA联盟的社会发展部门等，逐步将社会责任融入联盟发展战略与规划。具体来讲，第一，由于职业体育联盟自身也要履行社会责任，因此，设置相应的管理部门能够提升联盟履责实践的系统性和持续性，不仅能为联盟赢得良好的声誉，还可以为各俱乐部做出示范和表率。第二，有利于实现与政府、体育协会、职业体育俱乐部更好地衔接与配合，帮助政府、体育协会明确和细化对俱乐部社会责任的指导建议，并对俱乐部履责实践形成有力监督，构建政府引导、行业自律、职业体育联盟与俱乐部自觉的履责体系。

---

[1] 北京市东城区人民政府. 东城区体育局召开与北京国安俱乐部合作座谈会［EB/OL］. (2022-02-16)［2022-05-16］. http://www.beijing.gov.cn/ywdt/gqrd/202202/t20220216_2610952.html.

2. 完善社会责任管理制度，推动俱乐部履责科学化与规范化

制度压力是推动企业履行社会责任、规范其履责实践的重要驱动力。与政府相比，体育协会与职业体育联盟作为俱乐部的直属管理机构，对俱乐部实际情况有着更加清晰的了解。因此，体育协会与职业体育联盟能够制定更加精细化、针对性的制度，从而更好地促进俱乐部履责科学化与规范化。

对于体育协会而言，其一，体育协会不只是政府的"传话人"，更应当担负起联盟和俱乐部利益代言人的角色。对此，体育协会要持续深化"放、管、服"改革，积极引入市场机制，提高联盟与俱乐部运营管理的自主性，通过各种方式为联盟与俱乐部谋发展，加强俱乐部的认同感。其二，体育协会可借鉴美国篮球协会、欧洲足球协会联盟（以下简称欧足联）、英格兰足球总会等国外体育协会的先进经验，结合我国实际情况，以合理协调利益相关者的利益分配为准绳，制定具体的我国职业体育联盟和俱乐部社会责任指导意见或方案。在实践过程中不仅可利用其拥有的独特社会资源，为联盟和俱乐部履责创造便利，还可促进联盟、俱乐部与社会组织之间多元社会关系的构建，进而为联盟与俱乐部履责提供便捷，激发他们履责的能动性。与此同时，体育协会还可学习欧足联，将职业体育联盟与俱乐部社会责任履行情况以年度报告或公开文件等形式向社会公布，接受社会监督。例如，中国足球协会公布的《中国足球协会青少年训练大纲》便履行了对青训队员及相关利益主体的责任。

职业体育联盟对各俱乐部的运营发展起到重要的管理与协调作用，联盟与各俱乐部在经济收入、社会影响、发展规划等方面息息相关。因此，我国职业体育联盟可从以下两点完善制度建设。其一，优化赛事产品与服务，提高联盟与俱乐部的社会影响力。赛事产品和服务的输出是联盟维持生存与发展、做出社会贡献的主要形式。较高的社会关注度和认可度有利于联盟与俱乐部社会责任实践的顺利开展，还能提高履责效率。因此，持续完善俱乐部准入、球队薪资、球员转会及外援引入等制度，为观众和消费者提供高质量

的赛事表演服务与产品是职业体育联盟的主要发展方向之一。其二，制定社会责任制度。以国家现代化建设"五位一体"总体布局为指导，从履责主体、履责内容、实践要求、履责对象等方面，对职业体育俱乐部社会责任实践进行详细规划。同时积极与俱乐部一同组织开展社会责任活动，在为俱乐部提供指导与帮助的同时，更好地对俱乐部履责过程与结果进行有效的监督与评价。

(三) 俱乐部层面

1. 转变社会责任观念，处理好公益性与功利性的关系

20世纪90年代，随着社会责任理念与实践在国外企业中的广泛传播，以及治理理论的兴起，企业对社会责任的态度由被动履行转向主动治理，履责方式由碎片化的开展向系统化的组织转变，由社会责任理念衍生出的社会责任战略、社会责任投资、社会责任营销等理念也渐入大众视野[1]。从我国职业体育俱乐部社会责任的发展与演进过程来看，在不同社会责任发展阶段，俱乐部表现出不同的社会责任认知和履责行为，而这个过程就是俱乐部不断追求自适应与高级化的动态变化过程。因此，在新时代背景下，作为我国职业体育市场主体的俱乐部，也需要主动转变社会责任理念，不断探索社会责任发展战略，才能更好地适应全球职业体育的发展趋势。北京国安足球俱乐部原副董事长张老师称："从足球职业化历程看，俱乐部对社会责任的认识是不断变化的，但却仅限于履责内容的认识变化，有些甚至认为开展社会公益和慈善活动就是俱乐部全部的社会责任，缺乏从长远发展或战略规划的高度审视社会责任的理念。"[2] 因此，俱乐部应尽快从承担应变性社会责任向战略性社会责任转变，将承担社会责任转变成俱乐部持续发展的战略思想，才

---

[1] 李伟阳, 肖红军. 全面社会责任管理：新的企业管理模式 [J]. 中国工业经济, 2010 (1)：114-123.
[2] 访谈张老师（北京国安足球俱乐部），访谈时间：2019年12月21日，地点：北京丰台区哈根达斯方庄店。

第五章 新时代中国职业体育俱乐部社会责任发展思路与推进路径

能使俱乐部适应国际职业体育的变化节奏，进一步提升俱乐部的国际竞争力。

除了社会责任理念外，正确认识社会责任的公益性与功利性也是我国职业体育俱乐部亟须厘清的问题。公共利益事业简称为公益，指有关社会公众的利益和福祉[1]。社会公益活动是俱乐部社会责任内容框架的重要内容，也是当前我国职业体育俱乐部的主要履责内容。而对功利解释：第一，指功名利禄；第二，指功业所带来的利益；第三，指眼前物质上的功效和利益[2]。从企业社会责任理论来看，此处的功利性既不是功名利禄，也不是眼前物质上的功效和利益，而是"承担社会责任"的功业所带来的利益。前文已述，职业体育俱乐部兼具经济属性和社会属性，因此，俱乐部的社会责任既有功利性又有公益性，即俱乐部在增进社会公众福祉的同时，将社会公益视为一种发展战略，运用公益事业所带来的巨大经济利益，为持续增进社会福祉提供不竭动力。然而，当前我国职业体育俱乐部被动履责特征明显，并未深刻理解社会责任的功利性。他们认为，承担过多的社会责任只会增加俱乐部的经济负担，甚至可能带来利益损失，即使俱乐部迫于外界压力而勉强承担社会责任，也只是敷衍了事，很难实现社会责任的功利性与公益性的互融与平衡。人大三高足球俱乐部李老师称："从2011年开始，中超每年都评选最具社会责任感俱乐部，但评选的依据是社会公益和慈善，造成很多俱乐部为了评奖而临时开展一些公益和慈善活动。"[3] 因此，我们只有厘清社会责任的公益性与功利性，才能促使俱乐部积极建设履责制度，建立长效的履责机制。本研究认为，可从两方面着手：第一，俱乐部应立足自身实际，本着长远发展规划，履行社会责任不必急于追求履责行为带来的利益回报。第二，俱乐部应以承担经济责任为基础，根据自身经济实力，适当承担社会责任，不能以片面追求高社会评价而过度承担社会公益和慈善责任，造成俱乐部基本责任履行不足，甚至缺失。

---

[1] 公益 [EB/OL]. [2020-03-01]. https://baike.baidu.com/item/公益/109867? fr=aladdin.
[2] 功利 [EB/OL]. [2020-03-01]. https://baike.baidu.com/item/功利/11046226? fr=aladdin.
[3] 访谈李老师（人大三高足球俱乐部），访谈时间：2020年1月7日，地点：北京市西郊宾馆会议室。

2. 优化自身内控建设，提高社会责任实践效率

1972年，国外较为经典的对内部控制的定义由美国审计准则委员会（PCAOB）提出，该组织认为：内部控制是在一定的环境下，单位为了提高经营效率、充分有效地获得和使用各种资源，达到既定管理目标，在单位内部实施的各种制约和调节的组织、计划、程序和方法。客观来讲，如果一个俱乐部自身都难以实现稳定发展，那么也很难有效履行对其各类利益相关者的责任。对于职业体育俱乐部而言，无论其自身正处于何种发展阶段，良好的内部控制建设都是其进行生产经营、开展履责实践的基本保障。对此，建议从以下三个方面优化俱乐部的内控建设。

第一，优化赛事产品与服务，提升核心竞争力。尽管职业体育俱乐部与普通企业一样都拥有独立法人身份，但对俱乐部而言，高质量的赛事产品与服务才是其核心竞争力。无论何种级别和类型的职业体育俱乐部，如果不能提供精彩的竞技赛事吸引庞大观众群体的关注，就无法提升其社会影响力。对此，俱乐部可从加强球队管理、打造独具特色的俱乐部和球队文化、营造现场观赛氛围等方面开展实践。例如，在打造俱乐部文化方面，NBA联盟中既有擅长以备受球迷喜爱的超级球星为核心建队的球队，还有将每位球员的价值最大化开发以诠释团队篮球意义的球队，以及以强硬球风向观众展示坚韧体育精神的球队。这样的文化建设提升了俱乐部的市场竞争力，培养了大批的忠实球迷和粉丝，为俱乐部持续发展奠定了基础。

第二，加强对内部员工的教育培训质量。现代企业的管理重点在于对人的管理[1]，企业间的竞争也主要体现在人才的竞争，高素质的企业员工往往具有更强的执行力和创新意识，能够为企业创造更大的综合效益。针对目前我国职业体育俱乐部员工整体素质偏低的情况，本研究认为，俱乐部可尝试通过建立员工培训制度来改善这种窘境。通过定期邀请学界和业界专家对俱

---

[1] 叶国灿. 从管理理论演进看企业管理模式创新趋势 [J]. 中国人民大学学报，2004（2）：130-135.

乐部的管理者、球员与教练员等开展社会责任管理专题培训和教育,不仅要强化他们对企业和球队运营管理的正确认识,还要帮助其树立良好的企业社会责任观和企业道德观,为其参与履责实践奠定思想认识基础。同时,制定包括俱乐部管理者、球员、教练员及普通员工在内的日常行为准则,建立相应的奖惩机制。针对球员和教练员等具有公众形象的员工,应对其开展额外的赛场形象和媒体公关培训,不断提升其媒体公关能力,助力俱乐部商业品牌影响力的扩大。

第三,将履责实践融入日常的生产运营。从国外顶级职业体育俱乐部社会责任的治理经验看,将对社会责任的履行融入俱乐部日常的运营与发展能够有效提升员工的参与度和履责效率。例如,英超某俱乐部利用主场的位置优势倡导球迷低碳出行,并为选择公共交通出行的观众提供打折优惠。对此,我国俱乐部也可通过与赞助商合作售卖俱乐部周边商品、举行球迷体育故事分享会等形式,在提升经济与社会效益的同时,履行对利益相关者的责任。同时,在运营中要加强对员工的人文关怀,不仅要增加对除球员、教练员等公众人物以外员工群体的关怀,而且要增加活动的奖励力度,以更好地履行对员工的责任。此外,俱乐部还应积极开展履责信息披露。对内披露方面,俱乐部应及时向联盟与协会汇报履责活动的情况,并在其指导下优化履责实践。对外披露方面,可通过联盟、俱乐部官方媒体宣传和第三方媒体合作报道等方式,定期披露财务报表和履责活动等信息,接受社会的监督。

3. 结合实际,科学开展履责实践

对于小型俱乐部来说,其自身在经济实力、球队竞争力和社会影响力等方面都比较有限,在选择履责的形式和履责的内容时会受到诸多限制。因此,这种类型的俱乐部应首先完善自身制度建设,提升俱乐部的运行效率与实践执行力,努力提升赛事产品和服务质量以增加经济收入。在此基础上,积极参与体育协会、联盟及其他综合实力较强的俱乐部的社会责任实践活动,不仅能够降低自身履责实践的成本,还能扩大俱乐部的社会影响,为其后续履责实践的开展奠定基础。例如，英超某俱乐部虽然只是一家低级别的足球俱乐部，但其同样崇尚并践行绿色发展，通过建立近距离的采购体系、采用太阳能光伏发电系统、倡导素食主义等方式努力实现碳中和的目标[1]。

对于中、大型俱乐部来说，其本身具备了较为完善的内部管理体系，盈利情况也相对稳定，能够通过引进国内外的优秀运动员增强自家球队的竞技水平，以此提升其赛事产品的质量，从而获得更多的球迷、扩大消费者群体，实现正向循环。这种俱乐部在参与上级管理机构组织的社会责任活动的同时，应当充分发挥自身的积极性，利用已有的社会资源开展活动。例如，深入城市的中小学校开展青少年教育和培训、进入社区为弱势群体送去人文关怀，通过这些方式使俱乐部扎根城市和社区，强化与所在地居民的鱼水关系，将自身品牌与城市形象融合塑造，逐步提升履责能力。然而，由于该类型俱乐部经济来源往往较为单一，应对风险挑战的能力仍然有限，因此还需不断优化自身的股权结构，积极引进地方企业和个人投资，提高自身的抗风险能力。

对于顶级豪门俱乐部而言，已经能够通过巨额赞助费、联赛分红和门票收入等方式获得较高的收入。该类型的俱乐部不仅能够受到远远领先于其他俱乐部的社会关注度，还拥有十分广泛的社会合作资源，因此，在参与协会和联盟组织的社会活动时能够在经济和社会资源方面提供更多的贡献。同时，该类俱乐部也具有较强的发起和承办社会责任活动的能力，进而利用丰富的社会资源获得较好的履责成效。由此这类俱乐部应加强其特色文化的建设以提升自身的软实力，并致力于社会生态责任的创新型治理。例如，可与美国绿色体育联盟等国外体育绿色环保组织机构合作，从赛事运营、场馆设施改善、治理活动实施等方面学习其先进理念与管理举措等。总之，应当将对各类社会责任的履行通过制度化或内部体系变革的方式融入俱乐部日常的运营发展。此外，这类俱乐部不但要履行自身所属范围内的社会责任，还应当积

---

[1] 罗伯特·苏塔. 揭秘世界第一个碳中和足球俱乐部. [EB/OL]. (2020-05-06) [2021-12-10]. https://www.thepaper.cn/ newsDetail_ forward_ 7279539.

极示范带动其他职业体育俱乐部的履责实践，营造良好行业履责氛围，进而实现"水涨船高"的正向反馈效应。

（四）社会层面

1. 加强媒体宣传与督促力度，提升俱乐部履责积极性

现代通信技术和媒体力量的迅猛发展为职业体育的运营发展带来了极大便利，也提升了职业体育组织和赛事的关注度和影响力。同时，作为现代社会中最重要的信息传播组织，新闻媒体也为解决社会中的信息不对称等问题提供了有效途径，成为重要的社会监督机构[1]。对职业体育俱乐部而言，新闻媒体在其履行社会责任的过程中起到重要的宣传与监督作用。一方面，从社会责任营销的理念讲，媒体对俱乐部履责行为的宣传不仅能为俱乐部塑造良好的社会形象、赢得公众认可，还能增加公众对媒体的关注度，形成媒体和俱乐部的双赢局面；另一方面，媒体也对俱乐部欺骗消费者等违法违规及不负责任行为进行报道，使社会公众能及时准确地了解相关信息，从而对俱乐部履责形成有效的社会监督。由此，本研究认为，应加强媒体宣传力度，充分发挥媒体在我国职业体育俱乐部社会责任发展中的作用。第一，体育协会、职业体育联盟和俱乐部官方媒体与合作媒体应加强对俱乐部社会责任实践活动的公共宣传力度，将俱乐部对各利益相关者的社会责任履行情况进行关注与报道，维护俱乐部内外各利益相关者的正当知情权。同时，三者的官方媒体应积极开设粉丝信息反馈渠道，接受公众的意见和建议。新闻媒体还可通过社会调查与评价的形式，将各利益相关者的利益诉求向体育联盟与俱乐部反馈。例如，对俱乐部与球员参与治理的社区进行居民满意度调查、邀请媒体公司对球员进行社会责任指数评价等，拓展俱乐部社会责任建设情况的信息反馈渠道。第二，提高媒体对俱乐部和球员违反社会道德规范等不负责行为的曝光度。在我国职业体育稳步发展的背景下，虽然俱乐部社会责任

---

[1] 徐珊，黄健柏. 媒体治理与企业社会责任 [J]. 管理学报，2015，12（7）：1072-1081.

履行水平正逐步提高，但阴阳合同、虚假比赛等问题仍层出不穷，赛事服务中的人文关怀依旧不足。新闻媒体应加强对违规或违法等不负责任行为的报道，充分发挥其在俱乐部社会责任实践中的重要作用，通过警示与监督的方式促进俱乐部履责水平提升。

2. 促进公众维权意识和行动，强化俱乐部履责的社会监督

随着国家依法治国不断推进，社会公众的法制意识逐步增强，自我保护和维权意识也逐步增强，社会公众的监督成为各类职业体育组织履行社会责任的重要推力。我国职业体育俱乐部社会责任的发展应贯彻以人为本、服务社会的理念，只有以社会公众需求为价值导向，才能实现自身的可持续发展。促进社会公众维权意识和行动，强化对俱乐部履责的社会监督。第一，利用多种途径进行积极宣传，进一步增加公众对企业社会责任的了解及对自身利益的关注，增强维权意识，鼓励公众利用法律武器对俱乐部的侵权问题进行维权。第二，通过官方网站、微信小程序、手机 App 及微博等多种渠道增加公众的监督反馈形式和途径，提高公众参与监督俱乐部社会责任实践的多样性与便捷性。第三，开设球迷和消费者的参与通道，鼓励球迷和消费者积极参与俱乐部的管理运营，将其对俱乐部履责的期望融入俱乐部社会责任管理决策当中，从而推动俱乐部履责水平持续提升。

本章小结

本研究采用文献资料法、专家访谈法及逻辑分析法等研究方法，分别从社会经济、社会政治、社会文化、社会建设、社会生态五个方面对我国职业体育俱乐部社会责任发展现状进行了分析，剖析了存在的问题与成因。在此基础上，结合美国、日本职业体育俱乐部社会责任的治理经验和有关专家观点，提出了新时代中国职业体育俱乐部社会责任发展基本思路与推进路径。

我国职业体育俱乐部社会责任发展取得了一定的成效，但也存在诸多问

第五章 新时代中国职业体育俱乐部社会责任发展思路与推进路径

题。成效主要有俱乐部收入来源多元化，社会影响扩大；履行对多方利益主体的责任；积极培养竞技体育人才，不断提升青训科学性；参与国际体育赛事活动，促进运动员国际化发展；抵制球场暴力行为；开展信息披露，维护外部利益主体知情权；增加对员工的人文关怀，传播社会和谐文化；开展多样化的公益慈善活动、助力城市发展、开展社区活动；开展环保活动，宣传生态保护理念等。问题主要有过度依赖股东与赞助商投资，自身营利能力较弱；对赞助商和球迷履责的科学性不足；影响社会公共安全的事件频发；球员调用的支持度不高，服务国家队的意识不强；违反诚信经营与公平竞争的行为频现；体育文化建设水平有待提高；俱乐部在城市和社区的嵌入度不高；俱乐部管理者对社会生态责任认识不到位；社会生态责任管理制度化程度较低等。

针对上述问题，结合专家观点，提出新时代中国职业体育俱乐部社会责任发展的总体目标：实现俱乐部社会责任的普及化、时代化、中国化，形成俱乐部"五位一体"社会责任发展的新局面。俱乐部社会责任实践中必须遵循协同治理、系统推进、区别对待及全面评价基本原则。

本研究从俱乐部社会责任承担现状出发，结合我国实际和国外经验，构建了我国职业体育俱乐部社会责任协同治理模式，提出了新时代中国职业俱乐部社会责任的具体推进路径。政府层面：完善相关法律制度，加强对俱乐部履责的规范引导；营造社会责任参与氛围，促进俱乐部开展履责行动；建立俱乐部履责奖惩机制，加强与俱乐部的互动合作。协会与联盟层面：健全社会责任管理机构，推动俱乐部履责管理科学化；完善社会责任管理制度，推动俱乐部履责科学化与规范化。俱乐部层面：转变社会责任观念，处理好公益性与功利性的关系；优化自身内控建设，提高社会责任实践效率；结合实际科学开展履责实践。社会层面：加强媒体宣传与监督力度，提升俱乐部履责积极性；促进公众维权意识和行动，强化俱乐部履责的社会监督。

第六章
研究结论与展望

一、研究结论

①俱乐部社会责任是指俱乐部为实现自身与社会的健康、和谐发展，在依法经营、创造利润及有效管理其对利益相关者的影响过程中，所应承担的与特定时代环境相适应的寻求经济和社会综合价值最大化的责任，具有承担对象的多元性、涵盖内容的开放性、履行主体的层次性、发展的鲜明时代性等特征。

②俱乐部社会责任满足关系契约的预设条件，且具有关系契约的属性。从关系契约的视角，探讨新时代中国职业体育俱乐部社会责任体系构建与实现等问题是适合的，对我国职业体育俱乐部社会责任体系构建具有重要的指导价值。

③在国家建设"五位一体"总体布局指导下，构建了新时代中国职业体育俱乐部社会责任体系，其中包括社会经济责任、社会政治责任、社会文化责任、社会建设责任及社会生态责任五大领域。寻求盈利保障经济效益、遵守法规维护多方主体利益是社会经济责任；服务国家队建设和对外人文交流、维护社会安全稳定是社会政治责任；培育诚信经营文化、践行社会和谐文化、传播先进体育文化是社会文化责任；投身公益慈善事业和城市社区建设是社会建设责任；倡导生态体育、落实节能减排是社会生态责任。

④以关系契约为理论支撑，将新时代中国职业体育俱乐部社会责任体系立体化和模型化，清晰地呈现出履责内容、履责主体与履责对象三者之间的逻辑关系。具体来看，俱乐部社会责任的履责强度与履责对象的扩充、履责

范围的扩展之间存在正比例关系，即随着俱乐部规模的扩大，其履责范围将扩展，履责对象将扩充，相应地履责强度也随之升高。

⑤无论是 NBA 俱乐部还是 J 联赛俱乐部，其社会责任履行内容丰富多样，治理成效较为显著。立足国内实际，提出其对我国的启示：提升体育行业履责氛围，深化俱乐部履责认知；明确参与主体的职能权责，推动多元主体协同共治；健全完善法律制度体系，保证俱乐部履责有法可依；立足地方发展水平与俱乐部实际，开展特色化履责实践；提升俱乐部社会责任治理信息披露水平；完善俱乐部社会责任治理监督机制。

⑥在我国职业体育俱乐部社会责任发展取得一定成效的同时，仍存在以下问题：过度依赖股东与赞助商投资，自身营利能力较弱；对赞助商和球迷履责的科学性不足；影响社会公共安全的事件频发；球员调用的支持度不高，服务国家队的意识不强；违反诚信经营与公平竞争的行为频现；体育文化建设水平有待提高；俱乐部在城市和社区的嵌入度不高；俱乐部管理者对社会生态责任认识不到位；社会生态责任管理制度化程度较低等。

⑦新时代中国职业体育俱乐部社会责任的发展，应以实现俱乐部社会责任的普及化、时代化、中国化，形成俱乐部"五位一体"社会责任发展的新局面为总体目标，且在实践中须遵循协同治理、系统推进、区别对待及全面评价的原则。具体推进路径：政府层面，完善相关法律规章制度，营造社会责任参与氛围，建立俱乐部履责奖惩机制，加强与俱乐部的互动合作。协会与联盟层面，健全社会责任管理机构，完善社会责任管理制度，推动俱乐部履责科学化与规范化。俱乐部层面，转变社会责任观念，处理好公益性与功利性的关系，优化自身内控建设，结合实际科学开展履责实践。社会层面，加强媒体宣传与督促力度，促进公众维权意识和行动，强化俱乐部履责的社会监督。

二、研究不足与展望

我国职业体育俱乐部社会责任的内涵随着时代的发展而不断变化，新时代中国职业体育俱乐部社会责任的实体内容也必将继续扩充和丰富。本书构建的新时代中国职业体育俱乐部社会责任体系,从理论上勾勒出我国职业体育俱乐部承担社会责任的理想情景和评价指向,但是否合理还有待实践检验。我国职业体育俱乐部社会责任建设一直在路上,中国特色社会主义进入了新时代,新时代的背景不仅赋予了职业体育俱乐部社会责任鲜明的时代特征,还在社会责任领域开创出了更多具有中国特色的理论与实践研究议题。一方面,对勾勒出的职业体育俱乐部社会责任的理想图景,进一步细化研究论域,关注俱乐部在具体领域对某一社会责任的履行情况,如职业体育俱乐部的社会经济责任问题等。另一方面,拓宽我国职业体育俱乐部社会责任研究的学科理论基础,如团队生产理论、社会资本理论等,以这些理论分析新时代中国职业体育俱乐部社会责任这一实践性问题,为社会责任实践提供更好的指导。

当前,我国阔步迈入了全面建设社会主义现代化国家的新征程,要想保持职业体育俱乐部社会责任理论旺盛的生命力,就需要以习近平新时代中国特色社会主义思想为指导,不断与时俱进、开拓创新,坚持关注体现俱乐部时代性、中国性的社会责任,持续丰富职业体育俱乐部社会责任的内涵并在其社会责任内容框架体系中融入新的内容和元素,才能实现职业体育俱乐部社会责任理论创新,为我国职业俱乐部社会责任建设实践提供理论指导,进而更好地发挥职业体育俱乐部在全面建设社会主义现代化国家征程中的重要作用。